IMMERSION DANS UN CERVEAU MALADE

IMMERSION DANS UN CERVEAU MALADE

SAM KUJO

Imagination project, 2019
Dépôt légal : juillet 2022
Nouvelle édition juillet 2023 du recueil initial de K. publié en décembre 2019.

« Le peintre se tint en extase devant le travail qu'il avait travaillé ; mais, une minute après, comme il contemplait encore, il trembla, et il fut frappé d'effroi ; et, criant d'une voix éclatante : « En vérité, c'est la Vie elle-même ! » il se retourna brusquement pour regarder sa bien-aimée : — elle était morte ! »

Edgar Allan Poe, Le portait Ovale

JOE

Joe réajusta son appareil photo, prit une dizaine de clichés du même cadre — un petit passage de terre naturellement formé entre les fougères — puis, s'enfonça un peu plus au cœur de la forêt.

Là, au milieu de nulle part, loin de toute trace de vie humaine, il se sentit petit.

Pourtant, il n'était pas effrayé, au contraire, il n'avait jamais été aussi bien. La beauté de la forêt éveillait chez lui des sentiments réconfortants, sentiments ayant trait à des souvenirs intangibles, certainement perdus dans le paradis de l'enfance.

Enveloppé par la mère forêt, enfoui dans son sein, il se sentait heureux.

Il était loin de la torpeur du monde extérieur, loin des faux-semblants, loin des obligations. Il avait l'impression qu'à partir du moment où il avait mis les pieds dans ces lieux magiques, il s'était débarrassé de la charge qu'il traînait depuis si longtemps, aussi longtemps que son insouciance d'enfant l'avait quittée.

Joe ferma les yeux et resta immobile quelques instants. Il tendit l'oreille mais n'entendit que le froissement des feuilles au passage d'un oiseau, ou peut-être était-ce un écureuil ?

Le silence de la forêt était un des plus purs qu'il n'avait jamais entendu, à croire qu'un accord tacite avait été passé entre tous les éléments et tous les êtres afin qu'à cet instant précis, il n'y eût aucun bruit.

Il prit une profonde inspiration, et mille et une odeur se mélangèrent pour venir finalement caresser ses narines. C'étaient des fragrances pleines de vie, une vie puissante qui le saisit tout entier et le revigora avec une telle intensité qu'il en fut presque étourdi.

Il aurait pu rester plongé dans cette ataraxie pendant des heures mais il se résolut à continuer sa marche : il lui restait beaucoup de photographies à prendre.

Chacun de ses pas était un délice : ses pieds endoloris trouvaient réconfort sur le tapis moelleux d'humus, et il songea ô combien la mère Forêt était généreuse avec son invité.

Il s'arrêta et regarda autour de lui, émerveillé. Il était à présent entouré par des rangées d'arbres de toutes sortes, de toutes tailles, à travers lesquels se faufilaient les rayons dorés du Soleil. Un des rayons se déposa sur un bouquet de lilas blanc, l'ornant ainsi d'une auréole divine.

Il eut soudain la vision d'une dryade au corps nu, baignée dans l'or du Soleil, se cachant d'arbre en arbre, dansant furtivement au gré d'une lyre enchanteresse.

Il entendit la douce voix de sa mère lui raconter comment Orphée était instantanément tombé amoureux de la belle Eurydice.

Joe songea que depuis qu'il était entré dans la forêt, il n'avait de cesse de penser à son enfance. C'était comme si la forêt, si maternelle, vous permettait de retrouver votre innocence : elle serait là pour vous protéger.

Il prit quelques clichés puis s'approcha d'un gigantesque chêne, de loin le plus immense de tous. Une centaine de branches émanaient de son tronc robuste et majestueux, et sa coiffe était couronnée par un magnifique bouquet vert qui semblait toucher les nuages.

Le Roi des arbres.

Il posa sa main sur son écorce et se surprit à s'attendre à sentir une quelconque énergie à son contact, un peu comme celle que les odeurs de la forêt lui avaient procurée un peu plus tôt.

Pourtant, rien de tel ne se produisit. Bien au contraire, il fut saisi d'un étrange malaise, de ceux qui laissent une tension amère au creux de la poitrine.

Il s'écarta de l'arbre et l'observa, d'abord dans son entièreté, puis, plus en détails.

Aussi étrange que cela puisse paraître, Joe remarqua que malgré son envergure, ce chêne semblait comme victime de la fatalité. En fait, celui-ci avait quelque chose d'étrangement humain. Il ne saurait l'expliquer, mais de cet arbre, émanait un sentiment de désespoir purement humain.

Le photographe reprit ses esprits et rit de son anthropocentrisme mal placé. Il avait la chance d'être loin des hommes, et voilà qu'à présent il les voyait dans la végétation !

Il se pencha sur un rassemblement d'une vingtaine de muguets, prêt à dégainer son appareil, quand là encore, il fut saisi du même trouble. Sans pouvoir le justifier, il percevait en elles l'âme de jeunes filles ployant sous la mélancolie.

Joe comprit qu'il était temps de rentrer chez lui. Le ciel commençait à s'assombrir, indiquant qu'il était bientôt l'heure de dîner. Il n'avait pas mangé depuis son déjeuner et il pensa que les effets de l'hypoglycémie devaient être à l'origine de ses étranges états d'âme.

Il marcha quelque temps avant de se rendre compte qu'il était perdu.

Il faisait à présent presque nuit et un sentiment angoissant s'empara de lui : il sentait qu'une menace planait au-dessus de sa tête. Elle était là, tapie dans l'ombre des arbres et des buissons, prête à l'assaillir à tout moment.

Joe savait qu'il devait quitter au plus vite cet endroit, sinon, quelque chose d'horrible arriverait.

Il se mit à courir, sans vraiment savoir où aller, avec en tête l'objectif unique de trouver une sortie à ce guet-apens.

La forêt n'était plus la mère protectrice qu'il avait connue jadis. Elle s'était muée en une femme redoutable, mystérieuse et de ce fait, effrayante : ses ombres étaient traqueuses, ses recoins sournois, ses bruits alarmants. Il était sa proie et maintenant qu'il était entre ses mains, elle semblait vouloir jouer avec lui.

Le caractère inconnu des lieux qui l'avait tant fasciné avait complètement disparu : désormais, celui-ci était promesse d'horreur et d'atrocité.

Joe continuait sa course effrénée quand il fut soudainement arrêté dans son élan, retenu par la branche d'un arbre qui se trouvait sur sa route.

Lorsqu'il se retourna pour se libérer, le spectacle qu'il vit l'horrifia : l'arbre avait l'atroce visage de la supplication. Pire encore, l'arbre était humain. La branche qui l'avait retenu était un appel au secours. Cet arbre, cet homme, cette chose — peu importe son nom — implorait son aide, il voulait que Joe le sorte de cette forêt dont il était prisonnier.

Joe courut aussi vite qu'il put.

Sur son chemin, il vit avec horreur des centaines d'arbres tendant leurs branches pour le saisir, il avait l'impression que leur tronc se tordait dans sa direction, il vit des fougères étirer leurs feuilles pour le toucher, des fleurs déployer leurs pétales dans l'espoir de l'atteindre, des rochers rouler — si lentement que cela en était presque imperceptible — avec l'espoir dérisoire de le rattraper.

Joe les vit tous le supplier, sans exception, puis, il les entendit : les prisonniers de la forêt s'étaient mis à geindre une litanie venue tout droit des profondeurs des enfers.

Il tenta de se boucher les oreilles pour ne plus entendre cette atroce mélodie, mais rien n'y fit, elle s'était immiscée dans ses oreilles, dans son crâne, dans sa peau, dans son âme.

Soudainement, l'espace autour de lui se rétrécit, les formes devinrent floues, les bruits se firent lointains, les couleurs se confondirent.

Joe tomba sur le sol.

Un peu de terre entra dans sa bouche, il la recracha aussitôt, craignant qu'elle ne fût empoisonnée.

Il essaya de se relever mais n'y parvint pas : ses membres étaient retenus au sol. Il sentit des chatouilles tout le long de son corps : il se rendit compte avec effroi que les brins d'herbe s'étaient collés à lui, imprégnant ses vêtements et tentant de transpercer sa peau avec leur extrémité.

Joe hurla.

Il se sentit s'enfoncer lentement dans la terre. Il essaya de toutes ses forces de s'échapper, mais il n'y avait plus rien à faire. L'humus commençait à recouvrir ses bras, ses jambes, sa bouche, étouffant ainsi ses cris, et tandis qu'il s'engouffrait toujours plus dans le sol, il disparut de la surface de la terre.

Quelques mois plus tard, alors qu'une classe effectuait une sortie dans la forêt, un enfant s'éloigna du groupe, attiré par un bouleau.

L'arbre en question n'avait rien d'extraordinaire, mais l'enfant trouvait qu'il avait l'air bien triste. Il sortit la petite gourde qu'il avait dans son sac et versa de l'eau au niveau de ses racines, peut-être avait-il soif ?

L'eau fut déviée par un amas à côté du tronc. Le petit garçon enleva la terre ainsi que les feuilles qui le constituaient et y trouva caché un appareil photo.

ANGELIQUE

La petite fille s'amuse dans l'herbe. Elle a une natte parfaitement dessinée, ses cheveux couleur de feu brillent dans les éclats du Soleil. La lumière rend ses yeux vert émeraude. Elle ne veut pas s'éloigner, alors elle s'amuse sagement près de la maison. Elle tourne autour d'elle-même pour faire virevolter les volants de sa robe bleue et blanche. Soudain, une main saisit la sienne. C'est Elle-même. La même natte flamboyante mais défaite, les mêmes émeraudes mais malicieux, la même robe mais tachée de terre. Elle sourit à Elle, et la tenant toujours par la main, l'éloigne de la maison.

Les cris du bébé réveillèrent Angélique. Il était une heure et quelques du matin. Son mari, comme à son habitude, n'avait rien entendu. Profondément endormi, ses ronflements concurrençaient les hurlements du nourrisson, créant ainsi une cacophonie assommante.

Angélique prit l'enfant dans ses bras et le berça doucement. Sa fille finit par se rendormir. Le fin faisceau de lumière rouge émanant du réveille-matin éclairait le minuscule visage effacé dans la pénombre de la chambre.

Elle était si belle. Et en même temps si effrayante.

Angélique chassa immédiatement cette pensée. Éric ronflait toujours, et c'était parfait pour elle. Elle ne voulait pas penser, pas réfléchir et ces bruits assourdissants pourraient masquer ses idées.

Effrayante.

Comment une mère peut-elle avoir peur de son propre bébé ? Et le pire était qu'elle ne savait même pas réellement de quoi elle avait peur. Il n'y avait rien en particulier, elle avait peur de tout. Mais surtout d'elle-même.

Sa fille était tellement fragile… Une mère doit protéger son enfant. Et si elle échouait ? Elle sentit l'angoisse planter ses crocs dans sa poitrine, y déversant subtilement son poison.

Subtilement, mais fatalement.

Angélique prit une profonde inspiration puis expira lentement.

Inspire. Expire.

« Les hormones. Ce sont les hormones post-grossesse, juste les hormones, rien de plus que les hormones ».

Elle avait peur de devenir folle. Elle se raccrochait à cette histoire d'hormones, au fait que quand on devient fou, on ne peut pas s'en rendre compte.

Depuis quelques semaines elle souffrait de crises d'angoisse violentes, elle ne dormait plus, ne mangeait plus. Des crampes à l'estomac et des maux de tête chroniques la mutilaient quotidiennement. Elle avait peur. Ou plutôt, elle était terrorisée.

Elle avait peur de faire du mal à son bébé.

Elle ne pouvait pas en parler à Éric, non, impossible. Qu'allait-il en penser ? Comment annoncer à son mari que la mère de son enfant a peur d'être un danger pour leur propre fille ? C'était inimaginable, hors de question. Elle préférait mourir.

Pour justifier son teint blafard, son visage creusé par l'amaigrissement et marqué par l'angoisse, elle prétendait que la grossesse et les réveils au beau milieu de la nuit avaient puisé dans ses dernières forces, que c'était à cause des hormones, toujours les hormones…

Bien sûr, Éric avait tout de suite proposé de prendre le relais, mais il en était hors de question : il devait se réveiller à cinq heures du matin pour se rendre à son bureau où l'attendait un patron de plus en plus exigeant. Il n'avait pas à payer pour son incapacité.

Angélique se souvint de l'atroce sentiment qu'elle avait ressenti quand la sage-femme avait placé l'enfant dans ses bras. Une vague de terreur l'avait saisie de plein fouet, comme si à l'instant présent, un homme masqué s'était emparé de son cœur et y avait planté sournoisement des centaines d'aiguilles une à une.

Elle ne s'était absolument pas attendue à cela. Elle avait été heureuse de l'arrivée de cet enfant, elle aimait

Éric et était prête à mettre au monde le fruit de cet amour. Elle s'était figuré l'étape de l'accouchement comme n'importe quelle autre femme : le plus beau jour de sa vie.

Ce fut sans conteste le pire.

Que lui arrivait-elle ? Pourquoi n'avait-elle pas, elle aussi, les yeux emplis de larmes comme Éric ?

Lorsqu'elle aperçut le rouge éclatant de ses quelques cheveux chatouiller le blanc de sa poitrine, quand elle vit les deux petites billes vertes se plonger dans son regard, quand sa main effleura la sienne, ce fut un choc, un atroce choc. Un sentiment morbide s'empara d'elle, une menace.

« C'est fou ! On dirait ton portrait craché Angélique ! » n'arrêtait pas de répéter Éric, ahuri.

Cela achevait Angélique. Elle voulait qu'il se taise, qu'il arrête à tout jamais, comme si cette phrase, cette constatation pourtant si véridique pouvait être fatale pour leur fille.

Elle a peur. Elle ne veut pas s'éloigner de la maison mais elle suit son Miroir. Son Autre n'a peur de rien, elle est intrépide et courageuse, elle veut toujours s'éloigner de la maison et découvrir de nouveaux horizons. Elle est si sûre d'elle, si impressionnante.

Alors elle la suit toujours. Parfois elle aimerait être comme elle et défier le monde sans avoir peur. Elle a tellement peur loin de la maison. Son Autre le sait, et en l'éloignant toujours plus loin, elle lui répète sans cesse, comme une rengaine « Ne t'inquiète pas Angélique, je suis là, il ne nous arrivera rien, je suis là ».

Il était maintenant deux heures quinze. Angélique s'était assoupie une heure. Les ronflements d'Éric avaient cessé, laissant place à un silence pesant. Il faisait chaud, terriblement chaud. L'air semblait irrespirable dans la chambre. Angélique eut un mauvais pressentiment et se rua vers le berceau de sa fille.

Le bébé dormait paisiblement, tout allait bien.

Elle avait eu une telle frayeur : et si sa fille s'était étouffée la nuit ? Si quelqu'un était entré dans la maison pour lui faire du mal ?

Elle savait qu'au fond tout cela n'était pas rationnel, mais elle ne pouvait s'empêcher d'imaginer ces scénarios. Elle aurait voulu trouver une bulle magique où elle y aurait enfermé sa fille, une bulle qui l'aurait protégée de toute maladie, de toute personne mal attentionnée, de tout accident, de tout danger.

De sa mère.

Elle avait déjà eu plusieurs phases de psychose : dès lors qu'une finissait, une nouvelle débutait. D'abord ce fut la peur que son bébé attrape un germe ou une maladie. Elle avait alors décidé de nettoyer sa chambre à l'eau de javel tous les jours, puis, elle jugea primordial de faire de même pour la maison entière. Elle nettoyait frénétiquement toute la journée, s'épuisant à la tâche, n'oubliant aucun recoin. Son dos était complètement tordu à force de se baisser et d'astiquer à même le sol. Éric s'en était rendu compte et l'avait tout de suite arrêtée, lui expliquant que cela pouvait être dangereux pour leur bébé.

Cette dernière réflexion lui glaça le sang. Elle avait failli faire du mal à son enfant. Elle se détesta et pendant une semaine, elle n'osa pas approcher sa fille, prétextant à son mari qu'elle était enrhumée et qu'elle voulait éviter de lui transmettre un germe.

Mais très vite, l'idée d'un danger extérieur pouvant surgir à tout moment la poussa à ne plus s'en séparer et à la surveiller constamment.

Elle prit alors la décision de ne plus la sortir de chez elle, se contraignant elle-même à rester à la maison. Par exemple, Angélique avait pour habitude de l'emmener avec elle pour faire des courses, mais elle se rendit compte très vite des risques auxquels elle exposait sa fille : quelqu'un pouvait la kidnapper lorsqu'elle avait le dos tourné, une femme qui rêvait d'avoir un enfant, ou pire, un détraqué. Une seconde d'inattention suffisait. Puis tous ces germes qui flottaient dans l'air de la ville… Non, il valait mieux se faire livrer à domicile.

Elle ne savait pas si ces idées venaient d'elle-même car parfois, elle avait l'impression que des voix lui murmuraient ces choses à l'esprit. Cela l'effrayait, elle voulait que tout s'en aille, elle voulait être normale, redevenir comme avant, mais cela semblait impossible. Elle était emprisonnée, cernée. Une prison d'angoisse et de torture mentale. Le plus fou était qu'elle avait conscience que toutes ces pensées étaient irrationnelles, pourtant, elle en restait esclave. Ces voix étaient là, elles s'insinuaient dans sa tête, dans son cœur, lui suggérant des choses, des choses horribles, des choses qu'elle ne pouvait ignorer, même si elle essayait de toutes ses forces.

Autre changement depuis la venue de son enfant, elle avait décidé de ne plus regarder la télévision, écouter la radio ou lire les journaux. Il était à chaque fois question de terribles nouvelles, de meurtres, de tueurs, d'accidents ou de maladies… À chaque fois elle imaginait sa fille en tant que victime, entre les mains d'un psychopathe ou dans un avion en train de se crasher.

Mais ce n'était pas ce qui lui faisait le plus peur. Ce qui la terrorisait plus que tout, c'était elle-même.

Fréquemment elle faisait des cauchemars où elle se voyait tuer à mains nues son bébé, l'étranglant et lui comprimant ses petits poumons. Elle se voyait la prendre et la jeter sur le sol, fracassant son minuscule crâne fragile. C'était atroce. Le rêve qui revenait le plus souvent était celui dans lequel elle noyait sa fille dans la baignoire. L'étape du bain était devenue tellement atroce qu'elle avait décidé de laisser Éric s'en occuper. Le soir, elle craignait de se coucher, de peur que ses images s'insinuent à nouveau dans son sommeil. Angélique finissait à chaque fois par s'endormir d'épuisement.

Son Elle se dirige vers le lac, la tenant toujours par la main. Angélique est terrorisée, elle est persuadée que dans le lac, il y a des crocodiles. Puis elle ne sait pas nager. L'Autre est heureuse, elle rit et sautille. Angélique ne peut plus la suivre, elle a trop peur, elle veut retourner à la maison. Son Miroir voit qu'Angélique lui a lâché la main. « Ne t'inquiète pas Angélique, je suis là, il ne nous arrivera rien ». Angélique ne bouge pas. Son double se fâche, « tu n'es qu'une poltronne Angélique, je m'amuserai sans toi ». Angélique est en colère, elle n'est pas une poltronne. Son Autre se précipite alors vers le lac. Elle enlève ses souliers et trempe un orteil dans l'eau en regardant Angélique avec défi. Angélique est encore plus en colère, mais elle a peur de rentrer seule, alors elle reste, tout en faisant attention de ne pas trop s'approcher du lac à crocodiles. Soudainement, elle entend un cri. Dans le lac, les petits bras se débattent, la crinière de feu ressort ponctuellement de l'eau et crie d'une voix étouffée « Angélique au secours !

Angélique ! ». Angélique est terrifiée. Elle ne peut pas l'aider, elle est tétanisée par les crocodiles, ils la dévoreront toute crue comme dans les contes ! Elle ne bouge pas et la regarde se débattre, elle ne peut pas s'avancer vers le lac, elle est complètement paralysée, ses jambes sont ancrées dans le sol. Elle veut retourner à la maison, prendre son goûter, pourquoi diable s'était-elle éloignée ? Soudain, le silence revient, la petite robe bleue et les cheveux de feu flottent dans l'eau à nouveau paisible.

Quatre heures trente-six. Angélique avait à peine les yeux ouverts qu'elle se précipita vers le berceau de sa fille. Tout allait bien. Elle eut l'impression qu'il faisait encore plus chaud. L'intérieur de son corps bouillait, sa peau brûlait, ses oreilles se mirent à siffler, un magma chaud était sur le point d'exploser en elle. Le silence pesait violemment dans la pièce, il était sur le point de l'écraser, de la broyer.

Elle devait sortir de cette chambre, c'était vital.

Elle descendit à la cuisine pour boire un verre d'eau. Elle devait faire vite, il pouvait arriver quelque chose au bébé durant son absence, chaque seconde comptait.

Tandis qu'elle remplissait son verre au robinet, elle sentit une présence derrière elle, un souffle lui caresser la nuque. Angélique se retourna, le verre tomba de ses mains. L'eau se déversa sur le sol, s'infiltrant sous ses pieds et se mêlant à l'urine qui coulait le long de ses jambes.

Devant elle se tenait elle.

Les mêmes cheveux, les mêmes yeux, le même visage. Elle. Angélique était à présent à moitié au sol. Elle aurait voulu courir dans sa chambre, s'enfermer, hurler pour qu'Éric la rejoigne, mais elle en était incapable. La peur la pétrifiait. Elle se tenait fermement la poitrine, de peur que son cœur lâche.

Son « clone » la regardait. Son visage incarnait la parfaite neutralité. Peu à peu, un sourire se dessina sur son visage.

— Bonjour Angélique.

C'était la même voix qu'Angélique, mais en même temps totalement différente. Le ton était sûr, ferme, décisif.

Angélique se sentit bientôt défaillir.

— De quoi as-tu peur ? Tu as toujours peur, tu n'es qu'une poltronne.

À ces derniers mots, elle fut frappée d'une secousse.

« Tu n'es qu'une poltronne. »

Ce fut un déclic. Elle se souvint de tout. Le lac aux crocodiles, la noyade… Sa sœur jumelle.

— Tu te souviens à présent ? Angélique, comment peut-on oublier qu'on a laissé mourir sa sœur jumelle ? Certes, maman a tout fait pour t'y aider. Tu étais si choquée après ça, ton cerveau a tout effacé… du moins en apparence. On ne peut oublier ce genre de chose, n'est-ce pas ?
— Mais… tu… je suis… qu'est-ce… que…

Son corps était pris de convulsions, son cœur battait si fort qu'il semblait sur le point de bondir hors de sa poitrine.

— Qu'est-ce que je veux ? T'aider ma chérie, et surtout aider Agnès.

En entendant ce nom, Angélique ouvrit grand la bouche. Aucun son ne put en sortir.

— Calme-toi, chut…calme-toi. Je suis là pour t'aider. Ne t'inquiète pas Angélique, je suis là, il ne nous arrivera rien, je suis là.

Angélique sentit une vague de frisson l'envahir. Cette phrase, sa sœur le lui avait tant répétée. Elle était si forte, et elle, si faible.

— Angélique, je viens sauver ton enfant. Tu sais qu'elle est en danger. Tu sais ce qui se passera. Tu le feras. Tu lui feras du mal comme tu l'as fait avec moi. Elle nous ressemble tellement. Je suis toi et elle est toi donc je suis elle. Et si je suis elle, et bien tu la tueras. N'est-ce pas du pur bon sens, Angélique ? Il y a tellement de dangers dans ce monde. Des choses horribles pour un être si fragile. Et tu en fais partie. Si tu aimes ta fille, tu dois la sauver. Tu dois la sortir de ce monde atroce, l'emmener dans un endroit paisible, calme où elle sera protégée. Tu dois l'éloigner de toi.

Angélique était à présent captivée par les paroles de cette apparition. Ses tremblements avaient cessé, les battements de son cœur avaient ralenti. Elle savait ce qu'elle devait faire. Tout était clair. Sa fille était sauvée. Maintenant le salut d'Agnès était entre ses mains. Calmement et presque machinalement, elle se releva, monta au premier étage et récupéra son bébé. Elle ne pensait plus, guidée par une force supérieure, uniquement concentrée sur son objectif. Il était cinq heures moins dix. Il fallait faire vite, Éric allait se réveiller dans dix minutes. L'enfant dormait encore. Elle l'enveloppa dans un linge blanc. *Il ne faut pas qu'elle ait froid.* Elle prit son sac, sortit de chez elle, démarra sa voiture et roula. Le lac lui faisait face. Elle sortit l'enfant de la voiture. Son téléphone sonna dans son sac. Éric. Elle jeta le sac dans la voiture. Sa fille dormait toujours. Un ange entouré de son auréole de linge blanc. Elle était si belle. Elle n'était plus effrayante. Angélique sourit et laissa une petite larme s'échapper, « ma chérie, tu es sauvée maintenant ». L'eau était si paisible, la rosée du matin sublime. Ici, le mal ne pouvait exister. Elle déposa un baiser sur le petit front, puis la plaça à la surface de l'eau. Agnès s'enfonça doucement dans les profondeurs du lac, jusqu'à disparaître. Elle la regarda partir en souriant : elle avait réussi. Elle avait protégé sa fille, elle avait rempli son rôle de mère. Elle savait que plus rien ne pouvait lui arriver, elle savait qu'Agnès allait rejoindre sa sœur, elle allait en prendre soin.

« *Ne t'inquiète pas Angélique, je suis là, il ne nous arrivera rien, je suis là* ».

SCENARIOS

Au départ, c'était juste comme ça, le soir avant de s'endormir, l'instant de s'évader, d'échapper au quotidien.

Je rêvais que j'étais major de ma promotion, que j'avais un tas d'amis ou que je présentais une superbe nana à mes camarades de classe. À chaque fois, j'imaginais leur visage abasourdi, un brin jaloux, mais surtout, empreint de l'admiration qu'ils ressentaient pour moi.

Ça me faisait du bien, de la ressentir, cette admiration, même si elle était factice.

Il est évident que si j'avais besoin d'imaginer tout cela, c'est qu'au fond, cette putain d'admiration, c'est moi qui l'avais pour les autres.

Et je détestais ça.

Je détestais le garçon que j'étais : timide, peureux, qui n'arrivait pas aligner une phrase sans bégayer, qui ne pouvait soutenir le regard de quelqu'un plus d'une seconde. Un handicapé social.

Ma gêne me collait à la peau, ma gêne m'envahissait, jusqu'à ce que je finisse par disparaître, la laissant prendre totalement le contrôle, la laissant devenir *moi.*

Je ne voulais pas me battre, je me savais déjà vaincu.

Je ne voulais *plus* me battre.

À chaque fois que j'avais essayé d'aller vers les autres, ce ne fut que ridicule et pathétisme. Je n'y arrivais tout simplement pas : je rougissais, je tremblais, je m'effondrais sur place, et lorsque je trouvais le courage de regarder furtivement le visage stupéfait ou amusé de mon interlocuteur, je m'en allais.

Tout le ridicule qui me caractérisait m'éclatait en pleine figure, un boomerang que la vie me renvoyait avec une telle violence que je me retrouvais à terre, sans plus aucune force pour me relever.

Alors j'imaginais la scène comme j'aurais voulu qu'elle se passe.

Je me vois proposer à mon camarade de classe de déjeuner ensemble, puis je plaisante sur le cours ennuyeux que l'on vient d'avoir, je le fais rire et je lui fais remarquer que j'aime beaucoup le groupe qui figure sur son t-shirt, que j'ai écouté tous leurs albums et que je pourrais lui en parler pendant des heures, et c'est d'ailleurs ce que l'on fait.

J'avais tant de choses à dire…

Mais tout restait coincé à l'intérieur de moi, tout était enfermé et parfois, j'avais l'impression que je suffoquais, qu'il n'y avait plus assez d'espace pour que je puisse respirer.

Alors, m'imaginer la scène ainsi, cela me faisait du bien, cela me déchargeait l'instant d'un moment, le temps que je reprenne un peu mon souffle. Un pansement sur une plaie béante : il ne la guérissait pas, mais il la calmait un peu.

Je me repassais le doux scénario encore et encore. Puis petit à petit, je l'étoffais, je m'en faisais d'autres, souvent encore plus irréalistes : le garçon bizarre que j'étais se muait en un garçon qu'on aimait fréquenter, qu'on enviait, qu'on trouvait fantastique.

Parfois, je m'arrêtais en plein milieu de mon fantasme et je réalisais à quel point j'étais pathétique.

J'essayais de me rassurer tant bien que mal : au fond, tout le monde rêve d'être admiré. Lorsque l'on est admiré, on a un pouvoir sur les autres, on a le dessus. Les personnes admiratives sont en position de vulnérabilité, ce sont les plus facilement manipulables.

Et personne n'aime être manipulé.

Mais je savais pertinemment que ce que je faisais n'était pas sain.

Mes rêveries n'étaient plus occasionnelles, peu à peu, elles faisaient partie intégrante de mon quotidien, jusqu'à s'en accaparer complètement. Je pouvais rester huit heures d'affilée à vivre par la pensée cette réalité améliorée que je créais. J'y pensais avant de dormir, en cours, sous la douche, dans le bus, quand je mangeais, quand je regardais la télévision, quand j'étais occupé, quand je ne l'étais pas.

Je reprenais mon scénario là où je l'avais laissé, comme une série télévisée, une série dans laquelle j'étais le personnage principal. Je ressentais avec intensité la joie d'une situation inventée, la peur, le soulagement, parfois la tristesse, d'une façon si réaliste que cela pouvait me faire peur. Je faisais entrer de nouveaux personnages, je les faisais évoluer autour de moi. J'allais même jusqu'à incorporer des moments de la réalité dans ma vie imaginaire : par exemple, lorsque je dînais seul sur mon canapé, je me retrouvais au restaurant à un rendez-vous galant avec la fille que j'aurais rencontrée à la bibliothèque universitaire, lorsque je me préparais le matin, j'imaginais que je m'apprêtais à sortir entre amis un samedi soir.

Il m'arrivait de repousser certaines obligations pour pouvoir continuer à vivre mentalement : parfois je n'allais pas à l'université ou je ne faisais pas mes courses, juste pour pouvoir m'enfermer dans le noir, m'allonger dans mon lit, et enfin vivre.

Malgré le bonheur instantané que cela me procurait, le retour à la réalité était atroce : je me rendais compte que j'étais loin du personnage que je m'étais créé, et surtout, que je ne le serais jamais. Alors je rêvais encore plus, pour faire taire cette frustration, pour oublier la réalité. C'était un engrenage terriblement parfait, une drogue atrocement exquise.

Je me posais parfois la question : est-ce normal ? Suis-je fou ? Mais pourquoi me priverais-je de la seule chose qui me faisait du bien dans ce monde ? Au final, c'était tout ce que la vie pouvait m'offrir, alors je prenais, je rêvais.

Puis il y eut la fille.

Elle est arrivée en milieu d'année. Personne ne la connaissait, elle ne connaissait personne.

Je me souviendrais toute ma vie de ce jour. Elle est entrée dans la classe, timidement. Puis elle s'est assise à côté de moi. Et elle m'a souri.

Ce fut le plus beau sourire que je n'avais jamais vu. C'était comme si toute la beauté du monde émanait de ce sourire, ce sourire qui m'était destiné, à moi.

Elle irradiait, et moi, terne, minable, je ne fus capable que de baisser les yeux, le corps tremblant.

Pourquoi n'avais-je pas souri en retour ? Pourquoi n'avais-je pas engagé la discussion ? Elle avait certainement pensé que je n'étais pas normal, que j'étais dérangé. Je l'imaginais déjà me recroiser en classe, l'air gêné, peut-être avait-elle même peur de moi à présent ?

Je me détestais, je voulais m'arracher la peau, me faire du mal tellement je me maudissais d'avoir été aussi ridicule, aussi incapable, aussi moi.

Ma propre personne me répugnait, je ne pouvais plus la supporter, je devais l'oublier, c'était vital. Alors j'ai recréé ma rencontre avec cet ange au sourire lumineux. Je l'imaginais, nuit et jour, je voulais le rêver tellement que je finirais par effacer définitivement la réalité de mon cerveau.

Je me voyais lui sourire en retour, lui demander d'où elle venait, lui poser des questions sur sa vie, lui proposer de faire la visite de la faculté, de déjeuner ensemble… et on parlerait, pendant des heures sans s'arrêter, de tout, de rien, de nos vies, de nos peurs, de nos rêves, ce merveilleux sourire ne quittant jamais ses lèvres, ce merveilleux sourire m'étant toujours inéluctablement destiné.

C'était parfait, c'était magnifique. Je ne voulais pas retourner en cours, je ne voulais pas la voir. Je voulais rester figé dans ce rêve, je m'y sentais en sécurité, je m'y sentais heureux.

Pire encore, j'avais fini par croire en ce rêve. Et quel ne fut pas le choc lorsque la réalité me revint en pleine figure.

Aussi invraisemblable que cela puisse paraître, elle recommença. Encore une fois, elle posa les yeux sur moi, encore une fois elle me sourit.

Mais cette fois-ci, ce fut pire encore, elle m'adressa la parole. Elle me posa plein de questions, quel était mon prénom, à quelles options je m'étais inscrit, comment était la faculté, la ville.

Chaque question était une torture, je voulais que ça se finisse, que le pitoyable spectacle que je lui offrais cesse. Je fuyais son regard, je répondais à peine à ses questions — quand je parvenais à faire sortir un son de ma bouche — je tremblais, je transpirais, je me ridiculisais.

Une fois le calvaire terminé, je me suis tout de suite mis à imaginer encore plus fort, encore plus vrai. Je ne voulais plus jamais y penser, il fallait que j'oublie, c'était trop ignoble. Il fallait que je sois heureux, et je savais comment faire.

Je rêvais qu'elle était à moi, que l'on ne formait plus qu'un, et surtout, qu'elle m'admirait, parce que j'étais digne d'admiration.

Je décidais de ne pas aller en cours la semaine suivante, c'était trop dur et je voulais encore vivre mon idylle, profiter de notre histoire, je me sentais tellement bien avec elle dans ce monde parfait.

Petit à petit, de façon presque imperceptible au début, je finis par ne plus distinguer la limite entre la réalité et l'imaginaire.

Elle m'aimait.

Je le savais à la façon dont chaque matin elle m'embrassait tendrement, à la façon dont elle me regardait, dont elle s'inquiétait dès qu'il m'arrivait quelque chose, même d'anodin.

Cela ne pouvait être autrement, nous avions construit toute notre vie ensemble, elle m'avait déjà présenté à sa famille, ses amis. Je lui avais déjà avoué mes plus intimes secrets et elle m'avait fait part de ses craintes et ses insécurités, car elle savait que j'étais l'homme fort qui la protégerait, celui sur qui elle pouvait se reposer. Nous ne formions plus qu'un, elle était moi et j'étais elle, cela en était presque invraisemblable tellement c'était une évidence.

Puis je la vis.

Je les vis.

La première chose qui me frappa fut son sourire. Son sourire n'était plus le même. Cette fois-ci il n'était plus une bénédiction adressée au monde, mais une vile invitation au charme et à la séduction.

La séduction du cafard qui se trouvait à ses côtés.

Ce sourire, il était mien, et lui, il le souillait, il le transformait en quelque chose de sale, dénué de sens, dégueulasse.

Et elle, pourquoi faisait-elle une chose pareille ? À quel jeu jouait-elle ? Elle m'avait fait vivre un rêve, m'avait fait sentir unique, j'avais eu confiance en elle, je lui avais donné mon cœur et elle le bafouait de la pire des façons : elle me renvoyait à l'image du garçon misérable que j'étais à l'époque. Mais cette fois-ci, je refusais de m'y résigner. Plus jamais, jamais je ne serais ce sous-homme.

C'était elle qui était venue me voir, elle qui m'avait souri. Je n'avais rien demandé. Elle m'avait fait connaître le paradis, et maintenant, elle voulait me renvoyer en enfer ?

J'avais été vrai, sincère, je lui avais tout donné, sans calcul, sans même réfléchir. J'avais laissé parler mon cœur, elle avait bénéficié de mon amour à son état le plus pur. Elle l'avait pris, l'avait utilisé et maintenant qu'elle en avait profité, elle le piétinait, le jetait à la poubelle sans aucun état d'âme.

Pas même un regard, je n'existais plus. Elle avait tiré la chasse d'eau et avait fait disparaître celui qu'elle considérait comme sa merde.

Elle pensait donc que je n'étais pas digne de respect ? Elle s'était certainement dit : « Je vais utiliser ce garçon minable, on dirait un petit chien, il est prêt à tout pour moi, une distraction en attendant de rencontrer un vrai mec ».

Personne ne me renverrait à ce que j'étais avant. Personne.

Je l'attendis tout l'après-midi à la sortie de la faculté.

Lorsque mes mains se resserrèrent autour de son cou, ses ongles me griffèrent, ses mains me frappèrent au visage.

La garce voulait continuer à me faire du mal.

Cette fois-ci, ce fut moi qui eus le dessus.

DERNIERE REVERENCE

Dans la pénombre du garage, il est difficile de se repérer. Surtout lorsque l'on n'a jamais fait ça. Saisir le tuyau de l'huile à frein. Le couper, d'un coup. Veiller à ne pas se salir. Surtout ne pas faire de bruit. Refermer le capot, doucement. Partir. Le reste fera son travail.

Adam rentra dans le salon, un immense sourire aux lèvres.

« Devine qui sera la tête d'affiche du nouveau spectacle de Raminov Jolisvki ? »

Joya bondit hors du canapé en poussant un cri de joie, puis sauta dans ses bras. Des larmes se mirent à jaillir de ses yeux.

« Ma chérie, enfin ne pleure pas ! » dit Adam en riant.

Pourtant Joya ne pouvait s'en empêcher.

Et elle détestait cela.

Ces larmes qui coulaient le long de ses joues n'étaient pas le témoignage du bonheur qu'elle ressentait pour son époux. Elles en étaient la cruelle conséquence.

Joya ne pouvait s'empêcher de haïr son mari.

Ils s'étaient rencontrés dans une prestigieuse école de danse classique, et tout de suite, ils avaient su qu'ils seraient bien plus que de simples camarades de classe.

Adam baignait dans la danse depuis tout petit, sa mère était une des danseuses étoiles les plus célèbres de son temps. Joya, quant à elle, était issue d'une famille modeste où la danse n'était qu'une folie passagère, qui plus est de mauvaises mœurs. Pour réussir à entrer dans cette école, elle avait dû se battre et faire d'énormes sacrifices.

De cette passion commune, de cette rage de réussir et de briller, naquit l'amour.

Un binôme ambitieux, féroce, prêt à tout pour monter sur le devant de la scène. Un binôme qui s'était promis gloire et succès.

Mais à la sortie de l'école, la chute fut particulièrement rude pour Joya.

Rapidement, elle eut le premier rôle pour un des spectacles les plus attendus de l'année. Tout le gratin était présent à la première. Cette représentation devait être son moment, sa gloire, la récompense de toutes ces années de détermination, de travail et de sacrifices. En somme, ce spectacle promettait de lui ouvrir les portes d'une carrière qui inscrirait son nom aux côtés des plus grands artistes de sa génération.

Pourtant, le rêve se transforma en cauchemar.

La lumière devint aveuglante, la musique assourdissante, ses jambes tremblantes, elle se trouva dans l'impossibilité d'effectuer les figures qu'elle avait pourtant répétées des millions de fois.

Elle finit par s'écrouler sur le sol, sans pouvoir se relever, comme écrasée sous le poids de la fatalité.

Le verdict du médecin tomba : burn-out. Son corps avait tout simplement lâché à cause du surmenage et de la pression qu'elle s'était infligée.

Après ce fiasco, Joya fut la risée de tous. Les critiques l'assassinèrent, sans parler des chorégraphes qui placèrent son nom sur une liste noire.

Elle ne se le pardonnait pas, et il était évident qu'elle ne se le pardonnerait jamais.

Chaque soir avant de se coucher, elle se refaisait le spectacle dans sa tête. Parfois tout se passait exactement comme cela aurait dû être : elle se sentait s'envoler sur la scène, elle voyait les visages s'émerveiller devant tant de grâce, elle sentait l'odeur du bouquet de roses rouges que lui tendait son chorégraphe à la fin du spectacle, elle se voyait saluer le public qui refusait de la laisser partir. Bien plus souvent, elle se revoyait chuter, spectatrice de la mort de sa carrière, de ses rêves réduits en miettes.

Joya devint professeur de danse dans une école de quartier. Bien qu'elle eût essayé, elle ne parvint pas à rayer la danse de sa vie. Au fond, c'était la seule chose qu'elle connaissait, la danse était inéluctablement liée à elle, comme deux âmes sœurs impossibles à séparer malgré le mal qu'elles se font.

Adam quant à lui avait eu plus de mal à faire décoller sa carrière. C'était un bon danseur, mais il était évident qu'il n'avait pas le talent de Joya. Pourtant, à force de persévérance, il finit par se faire un nom dans le milieu.

Joya finit par développer de forts ressentiments envers le succès de son mari. D'abord de l'aigreur puis, peu à peu, quelque chose proche de la haine.

Adam vivait absolument tout ce dont elle avait toujours rêvé : danser sous la direction des chorégraphes qu'elle admirait depuis son enfance, les tournées mondiales aux côtés d'artistes renommés, les innombrables galas et soirées… Et la célébrité : être reconnu et admiré de tous ! Une vie qu'elle avait effleurée du bout des doigts sans jamais pouvoir la saisir.

Au lieu de tout cela, elle était condamnée à enseigner à des enfants braillards, dissipés, sans aucune discipline. Elle les détestait. Parfois elle voulait leur arracher les yeux, couper leurs petites jambes pour ne plus jamais les voir danser.

Lorsqu'Adam attendait une réponse pour un nouveau spectacle, elle espérait que celle-ci soit négative. Au fond, c'était la seule chose à laquelle elle avait encore droit : la jalousie, comme exutoire au pathétisme de sa vie.

Elle était devenue tellement jalouse qu'il lui arrivait de couper son téléphone lorsqu'il était en tournée. Elle ne pouvait tout simplement pas supporter de l'entendre lui raconter ses journées si fantastiques.

Joya faisait cependant extrêmement attention à ce qu'il ne se rende compte de rien. À chaque nouveau contrat, elle sautait littéralement de joie et paraissait la plus heureuse des épouses.

Elle lui faisait croire que son métier de professeur s'était avéré être une vocation et que finalement, elle préférait son quotidien à celui de danseuse professionnelle.

La vie lui avait appris à toujours se montrer forte. La jalousie était une preuve de vulnérabilité, une preuve d'infériorité. Elle refusait de se montrer faible, devant qui que ce soit.

Puis elle avait peur qu'Adam ne la quitte.

C'était devenu une obsession. À chaque tournée, elle imaginait qu'il lui annoncerait qu'il avait rencontré une danseuse qui la remplacerait. Elle pensait qu'elle finirait par perdre son mariage comme elle avait perdu la danse : d'un claquement de doigts. Une sorte de malédiction dont elle serait victime. Elle allait jusqu'à fouiller son téléphone en catimini, juste pour se rassurer, chasser ses idées obsédantes et laisser son esprit reprendre son souffle, ne serait-ce que l'espace d'un instant.

Elle n'aurait pu supporter un deuxième échec. Au fond, être avec Adam lui permettait de garder la face : son succès était dans une certaine mesure le sien, rester avec lui lui donnait l'occasion de capter un peu de sa lumière. Elle n'avait certes pas réussi mais elle méritait d'être avec un homme qui faisait partie de l'élite. Il était inconcevable pour elle d'être mariée à un moins que rien, elle valait beaucoup mieux que cela.

Puis il y eut l'accident.

Accident de voiture. Causes inconnues. Perte de l'usage des jambes.

Les médecins parlaient de rééducation, mais on pouvait lire dans leurs yeux que tout espoir était vain.

Ce fut une renaissance pour Joya, une mort pour Adam.

Adam ne pouvant plus danser, la jalousie de sa femme ne fut plus qu'un lointain souvenir. En outre, la carrière de danseuse de Joya fut relancée. L'accident d'Adam avait fait énormément de bruit dans le milieu et faire revenir sur scène sa femme — cette prometteuse danseuse humiliée par un début de carrière dramatiquement avortée — donnait cette dimension tragique dont raffolait le public, ce qui n'avait bien évidemment pas échappé aux chorégraphes.

Joya put enfin montrer au monde l'étendue de son talent et elle n'eut pas à attendre longtemps pour être assaillie par les demandes.

Projetée au-devant de la scène, adulée par le public, convoitée par les plus grands chorégraphes, elle se sentait enfin vivante.

Mais peu à peu, elle perdit le sens des réalités : la notoriété lui avait décollé les pieds de la terre pour l'emmener loin, dans un monde où elle était la Reine. La pauvre professeure de danse n'existait plus, et Joya s'était juré que plus jamais elle ne descendrait aussi bas. C'était indigne d'elle-même, et ces dernières années constituaient une profanation de son talent.

La petite fille incomprise et reniée de tous avait enfin pris sa revanche, et elle s'en délectait, prenant un malin plaisir à envoyer à sa famille chaque article de presse mentionnant son succès.

Le monde avait besoin d'elle. Elle le savait, c'était une étoile dont l'éclat illuminait le ciel assombri par la médiocrité.

Sa relation avec Adam aussi avait changé. Les rôles s'étaient inversés. Elle était devenue un astre et lui, cloué sur son fauteuil, n'enclenchait chez elle plus aucun intérêt.

Pire encore, il l'encombrait, lui téléphonant durant ses tournées, lui demandant sans cesse de passer plus de temps avec lui. Elle côtoyait des gens tellement plus intéressants…

Elle décida de le quitter. Pas tout de suite, car elle devait assurer une première et elle ne voulait pas être déconcentrée par ses jérémiades, mais elle s'en chargerait après, assurément.

Adam, quant à lui sombrait. Tout était allé si vite. Il avait perdu le contrôle et pour la première fois de sa vie, il n'arrivait pas à réagir. Il devait reprendre la situation en main. Il devait agir.

4 heures du matin.

Un bruit réveilla Joya, une sorte de fracas. Elle pensa tout de suite à un cambrioleur, elle se tourna dans le lit pour réveiller Adam mais la place était vide. Elle descendit à l'étage voir ce qu'il s'y passait.

Sur le sol de la cuisine, la bouteille en verre qui contenait d'ordinaire son smoothie n'était plus que débris tranchants nageant dans le liquide coloré et épais.

Un sachet renfermant une poudre blanche trônait sur le buffet. Au beau milieu de la cuisine, Adam regardait Joya, les yeux écarquillés de surprise mais surtout, de frayeur.

— Adam… Qu'est-ce que tu fais ?
— Rien ! Rien du tout ! J'avais soif et, maladroit comme je suis, j'ai fait tomber la bouteille, voilà tout !

Il hurlait ses mots, son visage était crispé en un étrange sourire forcé, les veines de ses tempes étaient sur le point d'exploser. Tout son corps tremblait.

— Adam. Tu ne bois *jamais* mon smoothie. Et qu'est-ce que c'est que ça ?

Elle pointa du doigt le sachet.

— Rien ! C'est un médicament pour soulager mes douleurs après l'accident... Et pour le smoothie, cette fois-ci j'en avais tout simplement envie !
— Tu es allergique aux fruits rouges. Maintenant tu vas me dire immédiatement ce que tu faisais. Qu'est-ce que c'est que cette poudre ?

Joya parlait calmement, froidement, machinalement.

— Joya, c'est quoi cet interrogatoire ? Tu ferais mieux d'aller te coucher maintenant, demain tu as ta grande première, tu dois être en forme !

Elle saisit le sachet sur la table.

— Un médicament ? Où est son emballage ? Donne-moi l'ordonnance.
— Je… C'est l'aide à domicile qui a dû la ranger je ne sais où. Maintenant arrête s'il te plaît, on va se coucher.
— Tu mens.
— Quoi ? Joya ne sois pas ridicule ! Il est tard, tu es fatiguée, moi aussi. Allons-nous coucher…
— Tu voulais m'empoisonner.

Sa voix ne laissait transparaître aucune peur. Elle n'avait pas peur. Ce qu'elle ressentait s'apparentait plus à du mépris. Du mépris mélangé à un profond dégoût. Elle le regardait, minable sur son fauteuil. Comment avait-il pu oser ?

— Joya, ce n'est pas ce que tu crois ! Jamais je ne te ferais du mal, tu le sais bien !
— Tu l'expliqueras à la police.

Elle alla chercher le téléphone.

— Non ! Je t'en supplie ne téléphone pas, je te promets, je vais tout t'expliquer.

Joya posa le téléphone sans le quitter des yeux. Il était en larmes. Son corps tremblait si fort qu'il faisait vibrer son fauteuil. Un spectacle pitoyable.

— Joya. Tout d'abord sache que je t'aime et jamais je ne t'aurais fait du mal ! Je ne cherchais pas à te tuer, jamais je ne ferais une chose pareille, je ne peux pas vivre sans toi ! C'est du sédatif. J'en aurais mis une petite dose, juste pour que tu ne puisses pas danser sur scène demain…

Joya ne comprit pas tout de suite. Adam voulait la droguer pour qu'elle soit dans l'incapacité de danser…

Elle fut prise d'une violente secousse. Sa première. Son malaise sur scène. Elle n'avait jamais cru à cette histoire de surmenage, cela ne lui ressemblait pas, elle n'avait jamais été une faible.

— Si j'ai fait ça, c'est par amour pour toi Joya ! Je t'aime tellement tu sais. Toute ma vie, j'ai vu ma mère vivre sa carrière et nous ignorer, mon père et moi. Elle n'était jamais là, toujours en tournée ou en répétition, tu comprends ?! Elle a fini par nous quitter pour aller vivre avec son partenaire de danse. Tu te rends compte ?! Moi je ne peux pas vivre sans toi ! Si j'ai fait de la danse, c'était inconsciemment pour attirer l'attention de ma mère, peut-être aussi pour lui prouver que je pouvais m'en sortir sans elle, mais au final j'ai eu tellement mieux, je t'ai rencontrée !! Et toi, il était hors de question que je te perde. Mais tu étais tellement talentueuse à l'école, je savais que ça allait recommencer ! Alors avant ta première j'ai mis du sédatif dans ta nourriture. Si je l'ai fait c'était pour nous, pour qu'on reste ensemble et regarde ! On est resté uni toutes ces années ! Mais il y a eu ce foutu accident et tout s'est effondré. Regarde-nous aujourd'hui, plus rien ne va ! Tu t'éloignes de moi de plus en plus, tu n'es jamais à la maison, tu commences à m'oublier, exactement comme ma mère ! Je devais agir tu comprends. Je voulais que tu t'écroules encore à la première de demain, que tu arrêtes ta carrière comme avant, ça avait tellement bien marché la première fois… Ta place est ici, c'est auprès de moi que tu es heureuse, pas sur scène, moi je peux te rendre heureuse, tu n'as pas besoin de la danse Joya, tout ce dont on a besoin c'est d'être ensemble, on est fait pour être ensemble mon amour !

Joya ne dit rien. Son corps convulsait de haine. Cette petite merde avait ruiné sa carrière, gâché sa vie. Et il voulait recommencer.

Il se trouvait devant elle, il chouinait comme un gosse, bavant, braillant.

C'était donc *ça* qui avait voulu la détruire. Il lui donnait envie de vomir.

Un ver de terre tortillant dans la boue, un insecte qu'elle aurait dû écraser depuis bien longtemps.

Il n'était qu'un faible. Et c'est elle qui avait payé son écœurante fragilité.

Elle avait tant sacrifié pour devenir danseuse. Elle s'était retrouvée seule, sans famille, sans maison. Elle avait connu la pauvreté, les petits boulots minables pour financer ses études, les jours avec seulement un repas.

Et cette vermine avait tout balayé d'un revers de la main.

Elle lui jeta un mouchoir à la figure

— Essuie-toi. Tu baves

Puis elle repartit se coucher. Elle ne le laisserait pas anéantir une seconde fois sa carrière. Demain, elle devait assurer une première.

Comme tous les mercredis en fin de matinée, Adam allait à l'hôpital pour une séance de rééducation. D'ordinaire, Joya n'était pas chez eux : en tournée ou en répétition, la maison n'était alors occupée que par Adam et son aide à domicile.

— Madame, comme vous êtes ici aujourd'hui, souhaitez-vous accompagner vous-même votre mari à sa séance ?

— Non. Faites comme d'habitude. La voiture est dans le garage, toute prête, rien que pour vous deux.

La pauvre. Un dommage collatéral.

Au bord de la fenêtre, Joya observa la voiture s'éloigner doucement dans l'allée.

Ce n'était plus qu'une question de temps.

La dernière révérence d'une danse qu'il n'avait jamais été capable d'exécuter.

BOBBY

Niais, candide, maladroit, hébété, lent d'esprit, naïf, bête, idiot, vide.

Ces adjectifs, Bobby les entendait depuis son enfance. Il les avait tellement entendus qu'à présent, ils faisaient partie de son identité.

« Bonjour, je suis Bobby, j'ai vingt-cinq ans et je suis un imbécile ».

Cela lui faisait mal. N'y a-t-il rien de plus dégradant que d'être un imbécile ?

Tout le monde veut être intelligent. Être intelligent c'est être puissant. Être puissant, c'est ne pas être faible.

Et personne ne veut être faible.

Bobby avait l'impression qu'il était maudit. Partout autour de lui, il voyait des jeunes hommes de son âge, habiles et avertis. Ils étaient si différents de lui. Eux faisaient des études, dans leurs yeux brillait une malice là où dans les siens il n'y avait que du vide. Juste en les voyant, on pouvait entrevoir un avenir merveilleux : ils exerceraient un métier honorable, ils séduiraient une femme avec qui ils pourraient fonder une famille, ils vivraient une vie dont ils seraient fiers, une vie emplie de bonheur et de réussite.

Être intelligent, c'est être heureux.

Et Bobby n'avait pas le droit d'être heureux. Il avait bien essayé de changer, mais cela ne fonctionnait pas. Quoi qu'il fasse, il trouvait toujours le moyen de se tourner en ridicule, démontrant à chaque fois les faiblesses d'un cerveau trop peu vif, trop peu « normal ».

Au moins il était drôle. Ah ça ! Cependant, il n'était pas un simple clown aux yeux des autres : il était surtout le reflet de leur supériorité. Bobby les rassurait, il les faisait se sentir intelligents, brillants, au-dessus. Et c'est ce qui lui faisait le plus mal.

Les autres étaient à l'aise en sa présence, ils se permettaient des choses qu'ils n'auraient jamais osées avec quelqu'un de plus éveillé. Il n'était pas considéré, c'était le niais inoffensif, le bouffon du roi, celui qu'on utilise à sa guise.

Être intelligent, c'est être admiré.

Un jour, alors que Bobby se promenait dans le parc, il découvrit quelque chose qui allait changer sa vie.

Il adorait se promener, il aimait la sensation du vent froid sur son visage, l'odeur vivifiante de l'herbe mélangée à celle du bois humide, le spectacle des premiers flocons de neige se posant délicatement sur le sol pour disparaître à tout jamais.

Bobby était émerveillé par le spectacle que lui offrait la nature, si paisible, si belle et en même temps, si effrayante car si mystérieuse.

Mais ce jour-là, la nature renfermait un mystère bien plus tangible, bien plus cruel.

Un homme gisait au pied d'un arbre. Mort.

Sa main rigide tenait sa poitrine si fermement que ses ongles étaient enfoncés dans la chair de son torse. Son visage n'était plus qu'une grimace de douleur, pourtant, Bobby le reconnut.

Cela n'avait rien d'étonnant, ce visage figurait sur tous les journaux, tous les murs, toutes les chaînes de télévision. Et pour cause, cet homme avait permis de grandes avancées en neurologie, avancées qui avaient pour ambition de trouver un remède contre le cancer.

Enfin, quelque chose comme cela, Bobby ne s'intéressait pas vraiment aux actualités, il n'aimait pas lire les journaux.

Il resta de longues minutes à contempler le corps. Il y avait tout un monde entre Bobby et cet homme. Cet homme était impressionnant, c'était un génie, un héros qui promettait l’impossible : sauver le monde de la maladie !

Bobby, quant à lui, n'était que Bobby.

Pourtant, là, statue de pierre renversée sur le sol, il le vit comme un simple mortel. Un simple mortel qui avait tout simplement eu énormément de chance. La chance de naître pourvu d'une capacité intellectuelle exceptionnelle. Mais cette capacité ne l'avait pas sauvé de sa condition d'être humain.

Cette réflexion mit Bobby dans une colère noire. Certes, son intelligence ne le rendait pas immortel, mais elle lui apportait tant ! De la reconnaissance, de l'admiration, du respect, du bonheur, la possibilité de faire de grandes choses, de devenir quelqu'un ! Tout ce qui était interdit à Bobby, le pauvre petit Bobby que tout le monde dédaignait.

Si seulement il avait eu cette chance ! Si seulement il était né comme cet homme !

C'est à ce moment précis qu'une idée lui vint à l'esprit.

Si la vie ne lui avait pas offert ce cadeau, alors c'était lui qui allait se servir.

Il sortit le couteau suisse qu'il gardait tout le temps dans sa poche et lui prit son cerveau. Arrivé chez lui, il effectua l'échange. Il jeta son ancien cerveau dans un marais à quelques kilomètres de sa maison.

La nouvelle arriva très vite dans la presse. Le « Voleur de cerveau » semait la terreur dans le monde entier.

Bobby remarqua très vite les effets liés à l'échange. Il

cherchait tout le temps à analyser ce qui l'entourait, à comprendre chaque élément, leur fonctionnement, leur nature, leurs causes et leurs conséquences.

Autre changement, il lisait sans cesse. Des livres, mais aussi et surtout les journaux. La situation géopolitique de pays dont à l'époque il ignorait jusqu'aux noms était devenue primordiale pour lui. Il ne supportait pas d'ignorer ce qu'il se passait dans le monde.

Il étudiait la politique, la philosophie et bien évidemment les sciences. Le savoir était comme une drogue et Bobby refusait d'en laisser ne serait-ce qu'un gramme de côté. Parfois, il devenait fou face à l'immensité du savoir : ignorer était pour lui une souffrance insupportable.

Au fur et à mesure qu'il décortiquait le monde, il se rendit compte de quelque chose qu'il n'avait encore jamais réalisé.

Le monde était triste. Cruellement triste.

Le monde allait mal. Des milliards de personnes mouraient de faim chaque année, la guerre s'était immiscée dans la vie de pauvres gens qui ne comprenaient même pas pourquoi elle avait lieu, la pollution détruisait inéluctablement les continents, les pseudos-défenseurs de l'humanité n'agissaient que pour assouvir leur névrose égocentrique, sans parler des firmes pharmaceutiques et alimentaires qui empoisonnaient sciemment la population.

Et tout cela au nom de quoi ? L'argent. Toujours l'argent. Du papier imprimé.

À chaque mal de ce monde, il étudiait les tenants et les aboutissants pour finalement se rendre compte qu'il s'agissait encore une fois de l'œuvre de l'âme humaine corrompue.

Depuis qu'il avait échangé son cerveau, Bobby voyait la violence, l'injustice, l'immoralité, la manipulation, la souffrance.

Il aurait tellement préféré rester aveugle. Il avait toujours pensé que c'était l'absence d'intelligence qui le rendait malheureux, mais ce n'était absolument rien à côté de ce qu'il vivait à présent.

Il aurait pu tout simplement arrêter de se tenir au courant, fermer les journaux, boucher ses oreilles, mais cela lui était impossible. Sans savoir, il mourait.

Peu à peu, Bobby se sentit investi d'une mission. Il avait ce pouvoir dans sa tête, et il ne pouvait l'ignorer. Comment continuer de vivre tout en connaissant l'atrocité du monde dans lequel il vivait ? Comment continuer une existence paisible tout en sachant qu'il était l'une des rares personnes à pouvoir changer les choses ? Il se devait d'utiliser son intelligence à bon escient, sinon, il serait responsable, coupable d'une sorte de « non-assistance à personne en danger ». Le chercheur lui l'avait compris, et il avait utilisé son pouvoir pour lutter contre la maladie.

« Un grand pouvoir implique de grandes responsabilités ».

Mais Bobby était-il prêt à endosser cette responsabilité ? Cela le terrifiait… S'il n'y arrivait pas ? Tout ceci représentait une telle pression que parfois, il pouvait la sentir physiquement broyer ses épaules.

Il se mit alors à travailler nuit et jour, ne comptant plus ses heures, se donnant corps et âme pour sa mission.

Mais rien. Il ne trouvait rien.

À chaque tentative échouée, la culpabilité lui rongeait les entrailles. Pourquoi n'y arrivait-il pas ? Pourquoi, alors qu'il avait toutes les cartes en main, ne parvenait-il pas à trouver, ne serait-ce que l'ébauche d'une solution ?

Bobby était épuisé. Il enchaînait les nuits blanches, et lorsqu'il parvenait enfin à dormir, des cauchemars venaient le poursuivre jusque dans son sommeil : il voyait un enfant affamé lui demander à manger, une femme au milieu d'un champ de mines implorer son aide, un homme défiguré par la maladie le suppliant d'alléger ses souffrances. À chaque fois, il leur tournait le dos en riant à pleines dents.

Être intelligent est une malédiction.

Il était condamné à vivre avec le malheur du monde sur la conscience, malheur qu'il ne pouvait ignorer, malheur qu'il connaissait, malheur qu'il comprenait, mais qu'il était fatalement incapable de résoudre.

L'admiration, la possibilité de devenir un grand homme, la célébrité, la reconnaissance, tout cela n'était que du mensonge ! Une grotesque compensation qui ne représentait absolument rien à côté de tout ce que l'intelligence infligeait à son propriétaire.

Un matin, alors qu'il se flagellait en lisant les journaux, il tomba sur une nouvelle qui le bouleversa : on avait retrouvé le cerveau du scientifique, jeté au fond d'un marais.

Miraculeusement, celui-ci était resté intact : juste après son dépôt, le marais s'était glacé, conservant ainsi l'orgage durant un laps de temps suffisamment court pour qu'il ne soit pas abîmé.

En hommage à ce héros qui avait œuvré toute sa vie contre la maladie, l'organe avait été placé dans un bocal de formol au musée de Neurologie où il avait l'habitude de donner des conférences.

Bobby devait récupérer son cerveau.

Il ne pouvait plus vivre ainsi, sinon, il le savait, il allait devenir fou. Retrouver son ancien cerveau était l'occasion de briser la malédiction, sortir de cet enfer et retrouver enfin la paix.

Il se rendit au musée dans la nuit. Il n'eut aucune difficulté à déjouer la sécurité et les caméras : il avait hacké le système informatique de surveillance et usurpé l'identité d'un des gardiens.

Une fois sur place, il ne trouva rien à l'emplacement du bocal : le cerveau avait disparu.

Le lendemain, il était expliqué dans les journaux que le cerveau avait été retourné en Russie chez la famille du chercheur. Celle-ci avait exigé de le récupérer, ne souhaitant pas exhiber les restes de leur regretté aux yeux de tous telle une sordide attraction.

Bobby sentit le sol se dérober sous ses pieds. Une souffrance immense lui transperça la poitrine. N'y avait-il donc aucune issue ? Serait-il condamné à vivre avec ce poison toute sa vie ?

Dans ce cas-là plutôt mourir.

Il décida de finir ses jours là où il avait pêché. Il se rendit au parc, une corde dans son sac. Il s'apprêtait à l'attacher à l'arbre au pied duquel il avait autrefois trouvé le scientifique quand une voix l'interpella.

C'était Johnson, un ancien camarade qui le martyrisait à l'école et qu'il croisait de temps en temps au centre-ville. C'était alors l'occasion de quolibets en tous genres, en mémoire du bon vieux temps, comme il disait.

— Hey Bobby ! Comment va mon Bobby bonnet d'âne préféré ? Ça fait longtemps qu'on ne s'est pas vu ! Tu étais terré chez toi ou quoi ? D'un autre côté je te comprends hein, pas de femme, un boulot de merde… Bah c'est pas de ta faute hein, t'as jamais été vraiment doué ! Tu sais où on est là ? Sur les lieux du crime du Voleur de cerveau ! Bouh ! Je suis venu ici exprès, tu t'en doutes, sinon qu'est-ce que je viendrais foutre dans un parc. Moi ça me fait délirer les histoires gores comme ça…C'est triste quand même, il allait éradiquer le cancer ! C'est là qu'on se dit que la vie aurait mieux fait de prendre un idiot comme toi à la place de ce mec, le prends pas mal mon pote, mais tu peux pas nier que c'est vrai haha !

Son rire gras résonna dans tout le parc.

À ce moment, Bobby se souvint de la raison pour laquelle il avait volé le cerveau de cet homme.

Ce n'était pas le fait d'être idiot qui le rendait malheureux, peut-être même ne l'avait-il jamais été. Qu'est-ce qu'être intelligent au fond ? Devant lui se tenait le garçon le plus stupide qu'il n'ait jamais vu.

Non, ne pas être un génie ne rendait pas malheureux Bobby, au contraire, ceci était la clé du bonheur, être un « imbécile heureux » avait absolument tout son sens.

Ce qui le rendait malheureux, c'était toutes les moqueries qu'il subissait à longueur de journée, tous ces gens qui le rabaissaient, qui le considéraient comme un moins que rien uniquement pour se sentir supérieurs, comme cette petite merde qui se tenait devant lui. C'était lui qui l'avait poussé à changer, c'était à cause de lui qu'il avait connu l'enfer.

Et aujourd'hui il allait payer.

Bobby saisit la corde. Les rires cessèrent net.

Il sortit pour la deuxième fois son petit couteau suisse. Cette fois-ci, il ne laisserait pas le cerveau dans le marais.

Il pensa qu'il aurait pu ne pas tuer Johnson et le laisser vivre avec le cerveau du chercheur, peut-être aurait-ce été une bien meilleure punition ?

Non. Evidemment non. Pour cela, il aurait dû avoir un semblant d'altruisme. Propriétaire du cerveau, il aurait certainement créé une arme de destruction massive qu'il aurait vendue des millions à des gouvernements assassins.

Demain, les journaux sèmeront à nouveau la terreur « le Voleur de cerveau a encore frappé ! ».

Mais Bobby n'en saurait rien.

Bobby n'aimait pas lire les journaux.

MALHEUR

À la question « es-tu heureux dans ta vie ? » je répondrais que non. Et c'est la meilleure chose que je puisse souhaiter.

Je ne veux pas l'être.

Être heureux, c'est prendre le risque de devenir malheureux. Et devenir malheureux est la chose la plus atroce qu'il puisse arriver à un être humain.

Devenir malheureux est plus horrible qu'être malheureux.

Lorsque l'on est malheureux, on finit par s'y accommoder. Le malheur devient presque réconfortant, comme une couverture chaude qui nous enveloppe, une deuxième peau dans laquelle on se sent bien tant elle est familière, tant on y est habitué, si bien que sans, on se sentirait perdu, complètement nu.

Être heureux peut paraître plaisant, certes, mais le bonheur ne durera jamais. Il est éphémère et lorsqu'il s'éteint, alors on devient malheureux, c'est la chute.

La chute est terrible.

Ainsi, être heureux revient à vivre avec une épée de Damoclès au-dessus de la tête, épée qui finira inexorablement par nous fendre le crâne en deux, le plus souvent au moment où l'on s'y attend le moins.

Accéder au bonheur revient à accepter la chute.

Alors non, je refuse qu'on me fende le crâne une nouvelle fois. Je refuse de chuter encore. Je refuse de redescendre en enfer, d'être soumis à la torture mentale dans laquelle nous enferme notre psychisme, ô combien cruel et mesquin face à la douleur.

Croyez-moi, le bonheur est perfide. Il nous nargue de la pire des façons. On pense l'avoir trouvé, on pense même l'avoir maîtrisé « je suis heureux car je l'ai voulu ». Mais un matin il disparaît, il nous échappe des mains, il devient vapeur insaisissable, nous laissant complètement impuissants. Malgré tous nos efforts, on subit. On souffre atrocement.

Je me souviendrai toute ma vie de ma première chute. J'avais seize ans et ma mère est morte. Je ressentis une énorme angoisse, une angoisse qui d'abord me transperça le cœur, puis qui m'asséna de coups chaque jour, chaque seconde. Je n'arrivais plus à respirer, je suffoquais de vivre.

Mon cerveau ne me lâchait pas. Chaque jour il inventait d'autres névroses, d'autres croyances pour me faire du mal. Dès que j'arrivais à me débarrasser d'une idée devenue obsédante, une nouvelle resurgissait, tout aussi atroce.

J'étais persécuté par mon propre esprit. Perfide, il savait mieux que quiconque comment me faire mal. Il s'arrêtait sur des détails insignifiants, les transformait en d'insurmontables supplices. Je savais qu'il s'agissait d'une espèce de mécanisme de défense pour tenter d'échapper à une réalité trop dure à accepter, mais malgré cela, je n'arrivais plus à distinguer mes délires de la réalité, j'étais persuadé d'être celui que mon cerveau me suggérait : quelqu'un de mauvais, de profondément mauvais.

Petit à petit, je m'étais même persuadé que j'avais été puni par la mort de ma mère.

Ma vie n'était que morbidité.

Puis une fois la chute terminée je me suis retrouvé à terre, le corps fracassé, ensanglanté. Au moins je ne recevais plus de coups. Je me suis alors accommodé à mon malheur. J'étais au sol, la terre était devenue mon lit. Il était dur, froid, couvert de cailloux tranchants, mais je ne pouvais pas tomber de ce lit. Je ne pouvais pas tomber si j'étais déjà à terre.

Mais il a fallu que je fasse la stupide erreur de sortir de mon lit. Je me suis relevé, saisissant la main que ma femme me tendait.

Avec elle, j'ai connu le bonheur à l'état pur. Celui qui a transformé toutes mes névroses en un lointain souvenir, celui où je me sentais intouchable, en sécurité, protégé de tout mal.

Puis, lorsque ma fille entra dans ma vie, j'étais sûr que plus jamais je ne subirais l'enfer que j'avais connu après la mort de maman.

Ma femme mourut à son tour.

Ce fut pire que tout. Toutes les atrocités qui avaient émané de la première chute me revinrent en pleine figure avec une violence encore jamais connue. La morbidité était revenue, plus sauvage, plus hargneuse, me déchiquetant rageusement l'intérieur du corps sans aucun répit.

Je savais que cette fois-ci, je ne me relèverais pas. Je ne le souhaitais pas. La chute que j'avais subie avait failli me rendre fou, je ne me sentais plus en sécurité dans mon propre corps, dans ma propre tête. J'entendais des voix, des voix me susurrer sans cesse des choses ignobles.

Une fois à terre, incrusté dans le sol, les voix avaient cessé de me torturer, mais elles n'avaient pas disparu. À présent, elles faisaient partie de moi.

L'idée d'une nouvelle chute m'était insoutenable. Je ne pouvais pas, je ne pouvais plus. J'en étais devenu malade, je vivais dans la peur, la phobie de tomber à nouveau. Les voix me rappelaient sans cesse que le danger était proche, que je devais agir.

Je savais qui représentait ce danger. J'avais perdu ma mère, puis mon épouse. Les femmes de ma vie. Mais pas toutes.

Il restait ma fille.

Elle partira, et moi, je sombrerai à nouveau.

Cette fois-ci, je ne m'en sortirai pas, je deviendrai complètement fou, bon à enfermer à l'asile. Les voix deviendront méchantes, comme avant, qui sait ce qu'elles me diront ? Des choses encore plus horribles, j'ai peur de ce qu'elles diront, je ne veux pas les entendre, non surtout pas, je ne veux pas, j'ai trop peur… Peut-être même qu'elles me forceront à faire des choses, des choses ignobles comme elles me le suggéraient autrefois, elles me forceront, alors que je ne veux pas, mais je serai obligé, j'ai tellement peur…

Elles commencent déjà, elles deviennent méchantes avec moi, elles crient dans ma tête, elles hurlent que je dois me presser, ça va bientôt arriver, laissez-moi s'il vous plaît, pardon, je suis désolé, laissez-moi, je vous en supplie, je vais agir, je vous le promets mais par pitié, arrêtez ça !

Je dois agir, vite. L'épée de Damoclès ne sera plus au-dessus de ma tête, je la saisirai et trancherai la menace avec, d'un coup sec, oui, et je serai sauvé, les voix redeviendront gentilles, je serai sauvé !

Des médicaments dans sa nourriture, elle ne sentira rien ! Comme ça, personne ne souffrira, ni elle, ni moi.

Soulagement.

À présent, je ne suis plus menacé. Je suis seul, plus rien ne peut m'arriver.

Seul, protégé par mon malheur.

L'ECRIVAIN ET LE PETIT BONHOMME

Denis y travaillait depuis des heures. Son éditeur l'avait appelé quelques jours plus tôt, il était catégorique : soit il envoyait son manuscrit avant la fin du mois, soit son contrat était rompu.

Cela le rendait malade. Son travail, c'était toute sa vie, et il avait renoncé à tellement pour l'écriture : toutes les femmes qu'il avait connues avaient fini par fuir, ne supportant plus d'être délaissées, il n'avait pas d'enfant, pratiquement pas d'amis, il voyait à peine sa famille. Il était devenu un ermite, reclus chez lui avec pour seule finalité d'écrire du matin au soir.

Mais tous ses efforts ne furent pas vains, très vite, ses romans connurent un succès fulgurant. Ses lecteurs se comptaient par millions, il recevait des centaines de lettres par semaine, enchaînait les séances de dédicaces aux quatre coins du monde, certaines de ses histoires furent même adaptées au grand écran. En somme, Denis avait réussi ce que peu de gens parvenaient à faire : réaliser son rêve.

Pourtant, il n'avait jamais vraiment su pourquoi il écrivait. Il savait qu'il ne le faisait pas pour le challenge, l'argent ou la gloire. Il sentait juste qu'il devait écrire, alors il écrivait, corps et âme car c'était la seule chose qui avait du sens, bien qu'il ne comprît pas *pourquoi* cela avait du sens.

Mais depuis maintenant plus d'un an, Denis n'y arrivait plus. Était-ce la pression due au succès, la peur de l'échec ou tout simplement le manque d'inspiration, il n'en avait aucune idée, une chose était sûre, il ne parvenait plus à écrire comme avant. Il avait toujours été convaincu qu'avec du travail, de la rigueur et de la détermination, il réussirait à obtenir tout ce qu'il souhaiterait, mais dès lors qu'il se trouvait face à son écran, une angoisse lui saisissait les entrailles, faisant errer son esprit dans les recoins les plus sombres de son psychisme, et ce jusqu'à lui faire lâcher son clavier.

Alors Denis buvait. Il pensait qu'ivre, il parviendrait à outrepasser ses angoisses et trouverait de l'inspiration, mais peu à peu, l'écriture devint un prétexte pour boire, boire toujours plus, boire pour oublier qu'il n'arrivait plus à faire ce qui comptait le plus pour lui, boire pour oublier qu'il ne parvenait pas à maîtriser ses peurs, boire pour oublier qu'il était seul.

Un soir, le pathétisme, la frustration et le ridicule de sa vie pesèrent bien plus lourd que d'habitude, si bien qu'il décida de se gorger d'alcool jusqu'à en faire sortir le liquide de ses yeux et de ses oreilles.

Vers le milieu de la nuit, une immense fatigue s'empara de lui, il se sentit comme dépossédé de son corps, complètement vidé. Chancelant, il descendit à l'étage pour chercher une ultime bouteille de gin. En allumant la lumière de son salon, un homme apparut.

Si un mot devait le décrire, ce serait rond. Son corps était petit et potelé, son crâne lisse avait l'aspect d'un œuf et ses joues étaient ornées de grosses pommettes rebondies. En outre, comme un point final à ce drôle de visage, une barbe d'un blanc éclatant venait ponctuer son menton dodu. Assis sur le canapé, il regardait Denis à travers ses petits yeux remplis de malice et de goguenardise, un sourire accueillant aux lèvres.

Denis resta devant lui, complètement abasourdi pendant au moins cinq bonnes minutes. Puis, il se mit à se frotter les yeux si fort qu'il s'en arracha tous les cils, se rua sur l'évier de la cuisine pour se jeter de l'eau glacée à la figure, se gifla à plusieurs reprises, se pinça jusqu'à en saigner, mais rien n'y fit, le petit homme demeurait assis dans son salon, toujours avec ce sourire bienveillant aux lèvres et ces petits yeux moqueurs.

Denis avait déjà eu des hallucinations dues à l'ivresse, mais cette fois, ce qu'il voyait lui semblait tellement réel qu'il n'arrivait plus à discerner le vrai du faux. Des gouttes de sueur perlèrent le long de son dos. Il s'approcha de l'homme et lui toucha le bras. Son doigt rebondit dans la graisse.

« Il est aussi réel que le tapis sur lequel je pose mes pieds. »

L'homme ne sembla absolument pas décontenancé par ce que venait de faire Denis, son visage affichait toujours la même sérénité.

— Qui… qui êtes-vous ?

— Je m'appelle Roger.

— Pourquoi êtes-vous dans mon salon ? Comment êtes-vous entré ? Qu'est-ce que vous me voulez ?

— T'aider, Denis.

— Qu… quoi ? Qui êtes-vous ?

— Ça ne va pas fort en ce moment Denis, regarde-toi. Tu bois du matin au soir, tu n'écris plus. Tu te leurres en pensant que ça pourrait revenir, mais c'est faux. Ça ne reviendra pas. À part si tu acceptes mon aide, Denis.

— Mais… comment êtes-vous au courant ? C'est l'éditeur qui vous envoie, c'est ça ? Il pense que je ne suis plus capable, il veut me rendre fou, hein, c'est ça qu'il veut, avoir une bonne raison de me foutre à la porte !

— Non Denis. Personne ne m'envoie. Moi je pense que tu es capable. Tu as juste besoin d'aide, Denis. Ton puits d'inspiration est complètement sec, si tu me le permets, je pourrais y ajouter un peu d'eau, afin que toi, Denis, tu puisses puiser dedans. Ton talent est toujours intact, je te le répète Denis, tu as juste besoin d'un peu d'aide, et je suis prêt à te l'accorder, car moi, Roger, je crois toujours en toi.

L'homme parlait d'un ton incroyablement serein. Denis se sentit incroyablement apaisé, presque hypnotisé. Les paroles de l'homme agissaient comme une pommade sur ses plaies, la façon dont il prononçait son nom était comme une caresse sur son âme meurtrie. Pour la première fois depuis bien longtemps, il se sentit en paix.

— J'aimerais tellement que tout redevienne comme avant, tout ce que je veux, c'est écrire…

Tandis qu’il prononçait ces mots, des larmes longèrent ses joues, puis, sans qu'il n'ait rien pu contrôler, il se mit à éclater en sanglots, s'effondrant sur le sol.

L'homme le releva et tint ses mains.

— Chhhut Denis, tout va bien, je suis là maintenant.

Ses doigts grassouillets essuyèrent les larmes de ses joues.

— Acceptes-tu mon aide ? Tu n'as qu'à dire oui, et tous tes problèmes s'en iront.

Denis arrêta alors de pleurer, releva la tête et regarda droit dans les petits yeux du vieil homme.

— Aidez-moi. Je vous en supplie.
— Tu as fait le bon choix.

Un bruit éclata, Denis se retourna et aperçut la bouteille qu'il avait déposée en rebord de table à présent réduite en mille morceaux éparpillés sur le sol.

Il se tourna à nouveau vers l'homme, mais plus personne n'était là. Il avait disparu.

Épuisé et sous le choc, Denis s'écroula et s'endormit à même le tapis.

Le lendemain matin, il fut réveillé par la sonnerie de son téléphone. C'était son éditeur, il ne lui laissait plus le choix : soit il rendait avant la fin du mois un manuscrit, une ébauche, un chapitre, n'importe quoi qui prouve qu'il s'était remis à l'écriture, soit il rompait définitivement et immuablement son contrat.

Un profond désespoir l'envahit. Il se souvint par bribes de sa rencontre d'hier, ou plutôt de cette folle hallucination. Une profonde colère monta en lui : tout ce qu'il lui restait était de vaines illusions, de faux espoirs complètement insensés et dictés par sa pathétique addiction à l'alcool. Toute cette mascarade n'avait été rien d'autre qu'un moyen d'échapper à la réalité car il était trop lâche pour l'affronter.

Il sentit le manque d'alcool dans son sang et, ne pouvant résister, ne cherchant d'ailleurs même pas à résister, il sortit acheter des bouteilles.

Sur le palier, il croisa sa voisine en sanglots. C'était une femme d'une cinquantaine d'années, courte sur pattes, gonflée de partout comme une montgolfière avec un air à toujours se mêler de ce qui ne la regardait pas. Une aristocrate méprisante avec tous ceux qu'elle croisait, même son pauvre mari, un homme petit et chétif qu'elle émasculait du matin au soir.

De la voir en larmes, à la limite de la crise d'hystérie fut un véritable choc pour Denis, elle qui était d'habitude si hautaine et directive. Lorsqu'elle le vit, elle se jeta sur lui :

— Oh Denis, mon garçon, je me sens si maaaaal ! C’est une tragédie ! Une véritable tragédie ! Mon mari ! Ce petit salaud ! Si vous saviez mon garçon ! Il me trompe ! Mais vous n'êtes pas au bout de vos surprises ! Il s'est inscrit sur un site de rencontre, un site de rencontre !! Moi qui pensais qu'il passait ses soirées sur l'ordinateur pour travailler ! Et savez-vous avec qu'il parlait tout ce temps, savez-vous avec qui ?? Non vous ne le pouvez, personne ne le peut tant cela est immonde ! Inimaginable ! Ma mère !!! Ma mère de quatre-vingt-quatorze ans !!! Je savais que je n'aurais jamais dû lui acheter un ordinateur à Noël, maudit soit le jour où je lui ai acheté ce satané ordinateur et maudit soit Noël !!!

Puis elle se mit à pleurer de plus belle. Denis essaya de toutes ses forces de se contenir, mais il n'en put plus, il se rua dans son appartement, ferma la porte à double tour et éclata de rire. Il ne pouvait s'arrêter, c'était de loin la chose la plus drôle qu'il n'avait jamais entendue. Cet homme si frêle, si soumis, victime de sa monstrueuse femme, avait des tendances gérontophiles et n'avait pas trouvé mieux que de chercher du réconfort dans les bras de sa belle-mère de quatre-vingt-quatorze ans !

Denis se mit à imaginer la scène où la voisine avait découvert le pot aux roses. Il imagina le mari, rouge de honte et tétanisé par la peur, la belle-mère à moitié sourde ne comprenant rien à ce qui se disait, la psychorigide cocue se jeter sur le pauvre homme pour le rouer de coups, et la vieille, au bord de la crise cardiaque ! Il voyait la voisine détruire l'ordinateur qu'elle avait offert à sa mère pour Noël, il pensa à tous ces soirs où le mari et sa maîtresse discutaient sur internet comme des adolescents, des adolescents de cinquante et quatre-vingt-quatorze ans !

Denis prit alors son clavier et se mit à décrire les scènes qu'il venait de s'imaginer. Les mots glissèrent sous ses doigts, il n'eut aucun moment d'hésitation, c'était comme si son clavier retranscrivait parfaitement les images qu'il avait en tête. Un sentiment d'euphorie monta en lui : il était redevenu maître de lui-même, il avait retrouvé sa dignité, il était enfin Denis, l'auteur de best-sellers, celui pour qui l'écriture était une évidence !

Il y passa toute la nuit durant laquelle il ne toucha presque pas à la boisson. Au petit matin, il avait réussi : il avait écrit une nouvelle. Il l'envoya directement à son éditeur, il n'eut pas à attendre bien longtemps avant de recevoir son appel : celui-ci était surexcité et n'eut de cesse de l'encenser. C'était bien simple, cette nouvelle était la meilleure que Denis ait pu écrire. Selon lui, c'était exactement ce qu'attendait le public, un petit amuse-bouche avant le plat principal : son prochain roman.

Cela pétrifia Denis. Il avait réussi à écrire cette nouvelle, certes, mais s'il n'avait pas croisé sa voisine, si elle ne lui avait pas raconté son histoire, il n'aurait jamais pu le faire. Il pouvait essayer d'écrire une nouvelle, mais un roman, cela le terrorisait. Finalement, il réussit à conclure un accord avec son éditeur : il publierait deux autres nouvelles avant de passer au roman.

Denis ne perdit pas une seconde, il fit un grand ménage dans son appartement et se mit directement devant son écran. Malgré tout son acharnement et sa volonté, la page resta blanche. L'angoisse monta en lui de plus belle puis finalement, laissa place au désespoir. Il finit par se saouler toute la nuit.

Le lendemain, il sortit pour aller au supermarché afin de faire quelques courses, et surtout, pour refaire le plein d'alcool. Comme c'était vendredi, jour de marché, il dut traverser tous les étalages sur sa route. Un stand attira son attention. Sur celui-ci étaient étalés des savons sculptés en forme de bouquet de roses. Denis pensa qu'il pouvait en acheter pour en faire cadeau à sa mère. Elle n'était absolument pas au courant des problèmes d'écriture que rencontrait son fils, et encore moins de la façon dont il les gérait. Pour Denis, il était inconcevable que sa mère apprenne quoi que ce soit, il refusait de l'inquiéter, elle qui était si fière et si heureuse depuis que son unique enfant était devenu un grand auteur à succès. Avec l'argent qu'il gagnait, il avait pu lui offrir une vie faite de voyages, de belles toilettes et de palaces. Même s’il la voyait peu, sa mère n'était pas dupe et commençait à soupçonner qu'il n'allait pas bien. Il pensa que lui acheter un cadeau était un moyen de faire diversion la prochaine fois qu’il lui rendrait visite.

Il s'approcha de l'étalage, les savons étaient remarquablement taillés, ils brillaient de toutes parts et l'odeur qu'ils exhalaient était divine. Cela ne faisait aucun doute, sa mère adorerait ce cadeau. D’un coup, un homme surgit derrière le stand, Denis sursauta. Un géant. Il était tellement grand que Denis devait lever la tête pour voir son visage. Son corps était massif, et son ventre bedonnant avançait jusqu'au niveau de la pointe de ses pieds. Une barbe hirsute et des sourcils broussailleux d'un noir ébène mangeaient la moitié d'un visage aux traits durs et grossiers. Sa voix incroyablement grave était ponctuée d'un accent que Denis jugea turc.

— Monsieur désire-t-il un renseignement ?
— Oui, combien coûte ce savon s'il vous plaît ?
— Le prix est affiché juste derrière l'emballage mon ami.

Denis retourna le plastique est dû y regarder à deux fois pour être sûr qu'il avait bien lu.

— Eh bien… à ce prix j'espère qu'il lavera aussi mes péchés.

Le géant regarda Denis abasourdi, puis, il éclata de rire. Son rire gras se fit d'abord long puis, il vint par secousses, enfin, il se mit à sangloter de rire en convulsant. Son visage était si rouge que le contraste avec le noir de sa barbe était fulgurant, petit à petit, le rire fut ponctué de gémissements puis de grands halètements. « Par pitié, ahahahahah, pitié, ahahahah faites stopper ça, ahahahah, je vous en supplie ahahahah ». L'homme était à présent à terre, rampant aux pieds de Denis.

Puis, tout s'arrêta.

Cela avait duré à peine quelques minutes. Une ambulance arriva, le verdict tomba : le marchand était mort, étouffé de rire.

Denis rentra chez lui, choqué. Il prit son clavier et se mit à écrire ce qu'il venait de lui arriver. Au bout de quatre heures, le script était envoyé à son éditeur.

La nouvelle fut un succès, et son éditeur était surexcité à l'idée de la prochaine sortie de son roman.

Denis était dépassé par la situation. Une idée commençait à germer dans son esprit. Et si tout cela n'était pas dû au hasard ? Il repensa à son hallucination, cet étrange petit bonhomme dans son salon, ce qu'il lui avait promis. Et si d'une certaine manière — même si cela paraissait complètement fou — si d'une certaine manière, cet homme était à l'origine de ces étranges rencontres ? Cela terrorisa Denis. Un homme était mort, sa voisine avait été internée…

Denis respira et tenta de se raisonner : c'était absurde, illogique, insensé. Il ne s'agissait que de coïncidences, et cet homme dans son salon n'était rien d'autre que la résultante des litres d'alcool qu'il avait ingurgités.

Il devait se concentrer sur son écriture à présent. Il avait eu de la chance, mais rien n'était encore joué. Son éditeur lui mettait de plus en plus la pression : encore une nouvelle à publier, et Denis devrait lui présenter l'ébauche d'un roman.

Des semaines passèrent sans qu'il ne parvienne à produire, ne serait-ce qu'un paragraphe. Dès qu'il commençait à trouver une trame, il se rendait compte que celle-ci avait déjà été exploitée, n'avait aucun intérêt ou était complètement dénuée de sens. Il finit saoul presque tous les soirs.

Un jour, alors qu'il devait se rendre à sa maison d'édition pour faire le point avec son éditeur, une femme lui sauta dessus. Elle empoigna son visage des deux mains et le força à l'embrasser. Denis la repoussa violemment. Elle tomba au sol mais se releva aussitôt.

— Deniiiiis, Denis mon amouuur !!!! Tu ne me reconnais pas ???

La femme avait de longs cheveux noirs et épais à présent ébouriffés, ses lèvres étaient peinturées d'un rouge écarlate dépassant de leurs contours, ses collants troués quasi transparents allaient de pair avec une mini-jupe en cuir et des bottines à talons hauts. Ses grands yeux étaient ouverts et ne semblaient jamais cligner, inéluctablement fixés sur ceux de Denis.

— C'est moi, Claudia !!! Je t'ai écrit toutes ces lettres mon amour, je sais que tu me reconnais, je suis ta plus grande admiratrice, et au-delà de ça, j'ai pu lire à travers tes textes, j'ai pu ressentir, oui ressentir au plus profond de moi-même que nous sommes faits l'un pour l'autre ! C'est notre destiiiin !!

À ce dernier mot, elle se rua sur lui et le serra si fort qu'il faillit s'étouffer.

Denis se souvint. Depuis quelques mois, il recevait des dizaines de lettres par semaines, parfumées d’une horrible eau de Cologne bon marché et tâchées de traces de rouge à lèvres. Denis avait fini par ne plus les lire tant elles étaient ahurissantes. Son admiratrice lui détaillait leur vie à deux, leur mariage, la maison dans laquelle ils vivraient avec leurs trois enfants et leurs animaux de compagnie. Elle avait même déjà choisi leurs prénoms. Denis n'y avait pas prêté plus d’attention, il avait l'habitude de recevoir des courriers d'admiratrices, mais il est vrai que celles-ci étaient particulièrement déroutantes.

Il la repoussa de plus belle pour se dégager de son étreinte.

— Denis, mon amooooouuur, ne me rejette pas, je t'en prie ! Demande-moi n'importe quoi, je le ferais !! Je suis prête à tout pour te prouver mon amour, je suis à toi Denis !! Tu veux que je sois un arbre ? Voilà, je le suis ! Tu veux que je me transforme en chat, me voilà en chat, miaou, je suis un chat ! Tu veux que je sois une voiture, je démarre, ça y est, je roule sur la route, vroum vroum, je suis une voit…

La voiture apparut d'un coup, sans crier gare. Le choc fut net, son corps, propulsé à une trentaine de mètres. Denis accourut, mais il était déjà trop tard. Elle était morte.

À présent, il en avait le cœur net. Ça n’avait pas été une hallucination. Cette rencontre, cet homme. Il avait tenu sa promesse. Toutes ces choses incroyables qu'il vivait étaient des scripts que cette espèce de sorcier lui fournissait. Denis n'avait plus qu'à les retranscrire pour obtenir une histoire.

Mais les choses allaient beaucoup trop loin, deux personnes avaient déjà perdu la vie. Denis se sentait tellement coupable, il se souvenait de mieux en mieux de cette fameuse nuit. Il avait accepté. Il avait accepté l'aide de cet homme, il l'avait même supplié. Indirectement, il avait causé la perte de ces gens.

Maintenant, comment mettre fin à tout cela ? Il ne voyait qu'un moyen : puisque ce pacte avait pour but de permettre à Denis d'écrire, il arrêterait définitivement de le faire. Être écrivain était la chose la plus importante au monde pour lui, mais il refusait que cela implique le malheur.

Un mois s'écoula sans que Denis ne touchât à son clavier. Son éditeur avait rompu son contrat et l'avait décommandé à toutes les maisons d'édition du pays. À présent, il passait ses journées enfermé chez lui, terrorisé à l'idée de faire une nouvelle rencontre. Sa vie ne se résumait plus qu'à deux choses : dormir et boire.

Une nuit, Denis n'arrivait pas à dormir, torturé par tout ce qui s'était passé. L'alcool ne parvenait pas à faire taire ses angoisses, au contraire, il les attisait comme de l'essence sur une flamme. Il se repassait le film en boucle : sa rencontre avec cette espèce de magicien, la voisine, le marchand de savons, son admiratrice fanatique. Il pensa à la façon dont il aurait pu éviter tout cela, sauver tous ces gens. Si seulement il avait su !

Soudain, Denis crut entendre une voix lointaine le chercher et l'attirer hors de son lit. La voix était douce et envoûtante, elle l'appelait par son prénom. Sans même s'en rendre compte, il se trouva dans son salon face au petit homme à la tête ronde.

— Qu'est-ce que vous me voulez ! Sortez immédiatement de chez moi ! Je sais très bien tout ce que vous avez fait !

— Je n'ai rien à cacher Denis. Oui, c'est moi qui ai déclenché tout ce qui t'est arrivé. Mais c'est toi, et toi seul qui me l'as demandé, ne te souviens-tu pas ? Tu m'as même supplié de t'aider. N'as-tu pas réussi à écrire ? N'as-tu pas retrouvé cette sensation de puissance, d'invincibilité que tu avais jadis ?

— Je n'ai jamais voulu faire du tort aux autres !!

— Mais tu n'as jamais fait du tort aux autres Denis. N'as-tu pas vu comme ta voisine maltraitait son pauvre mari ? Ne crois-tu pas qu'il est bien plus heureux débarrassé de son bourreau ? Quant au marchand de savons, son stand n'était qu'une façade pour son trafic de stupéfiants. Il s'agit d'un mafieux aux mains couvertes de sang, terrorisant et tenant sous son joug un grand nombre de commerçants de la ville. Si tu te sens coupable pour la mort de ton admiratrice, peut-être que tu devrais aussi savoir que cette femme est une folle à lier qui enchaîne les obsessions sur des hommes qu'elle harcèle, dont elle détruit le mariage, salit la réputation, gâche la vie. Elle a d'ailleurs à sa charge deux enfants qu'elle laisse à l'abandon dans son appartement insalubre, ne penses-tu pas qu'ils sont bien plus heureux aujourd'hui, placés dans des familles qui prennent soin d'eux ?

— J…je…nous n'avons pas à décider de leur vie ou de leur mort, il y avait d'autres moyens, je ne veux pas être responsable de la mort de quelqu'un, tout ce que je voulais moi c'était écrire putain, juste écrire !!
— C'est faux. Si tu écris Denis, n'est-ce pas pour rendre le monde meilleur ?

À ses mots, Denis eut un choc. Savoir pourquoi il écrivait, c'était la question qui régissait sa vie et à laquelle il n'avait pourtant jamais su répondre. Sa réponse était essentielle, elle expliquait sa vie, ses choix, qui il était et pourquoi il l'était. Peut-être même qu'au fond, il avait écrit toutes ces années pour chercher la réponse de ce *pourquoi*. Et lorsque cet homme avait prononcé ses mots « pour rendre le monde meilleur », c'était comme si on avait éclairé une salle obscure dans laquelle il avait été enfermé depuis une trentaine d'années.

— À présent Denis, c'est à toi de choisir. Choisis-tu l'écriture, choisis-tu d'accomplir la mission qui t'est destinée ? Tu n'as qu'un mot à me dire Denis : oui. Rien que ce tout petit mot, et tu vivras une vie heureuse, car tu rendras le monde heureux. En revanche, si tu me dis non, alors tu perdras le sens de ton existence, tu n'auras plus que pour compagnie ton alcool et tu finiras ivre mort, baigné dans ta boisson et ton vomi. Tu seras malheureux car tu auras rendu ce monde malheureux. Dis-moi, Denis, est-ce que tu souhaites cela pour toi, est-ce que tu souhaites cela pour les autres ?

Denis ouvrit la bouche, et de façon presque inaudible, la réponse s'en échappa. Il avait choisi.

SIGNES

Six. C'est le signe qui me terrorise le plus. S'il apparaît, je m'enferme chez moi et j'attends le lendemain pour sortir. Il y a d'autres signes, les oiseaux par exemple. Quand ils volent, cela ne pose pas de problème, mais s'ils restent immobiles, pire, s'ils me fixent de leurs petits yeux fourbes, là, c'est inquiétant. Un corbeau, et je sais que ma vie est en danger.

Il y a aussi les signes minimes, les signes du quotidien. Ils m'indiquent que quelque chose pourrait m'arriver, mais cela ne représente pas de risque réel pour ma vie. Il peut s'agir d'un avion dans le ciel, un bruit, la couleur de la chemise d'une présentatrice à la télévision.

Parfois je cherche les signes sans attendre qu'ils viennent à moi. C'est ce que je fais pour prendre des décisions importantes : je lance un dé, j'ouvre une page au hasard, si un six apparaît, je suis prévenu.

On pourrait croire que les signes sont totalement arbitraires mais ce n'est absolument pas le cas. Quand ils apparaissent, ce n'est pas anodin, leur présence à un instant T n'a rien à voir avec le hasard car sinon, il est évident que je ne les aurais pas remarqués.

La plupart des gens me prennent pour un fou. Ils me voient regarder partout autour de moi, calculer, scruter, écouter, superposer, analyser, agencer, séparer. Ça leur fait peur. Mais cela m'est égal, les autres sont aussi une source de danger, m'éloigner d'eux me protège. Seul, je suis en sécurité.

Je n'ai pas toujours été comme cela. Avant, je pensais différemment, je vivais dans un monde qui n'avait rien à voir avec celui d'aujourd'hui. Mais c'était il y a longtemps, tellement longtemps que j'ai même du mal à croire que j'ai un jour appartenu à ce passé.

Avant, il y avait une femme et une petite fille. Ma femme et ma fille. Puis l'accident. Plus de femme, plus de fille. Je ne me souviens de rien, à part de la plaque. La plaque d'immatriculation. La plaque d'immatriculation m'avait averti, mais à l'époque, je ne voyais pas les signes. Alors je n'ai rien fait, puis plus de femme, plus de petite fille.

ML-666-DC.

M pour Mathilde, ma femme, L pour Léa, ma fille. 666 le chiffre du diable, le chiffre de la mort, le chiffre du DC.

Le plus ironique c'est que je l'avais remarquée, cette plaque. Mais je n'y ai vu qu'une simple plaque. Si j'avais compris, je ne serais pas seul aujourd'hui.

Mais cela m'est égal d'être seul. Seul, je suis en sécurité.

Après l'accident, ils m'ont tous conseillé d'aller voir un psy. Avant d'entrer dans le bâtiment du cabinet, un chat est apparu. Il n'était pas noir, je ne crois pas aux chats noirs, aux échelles, aux parapluies ou aux miroirs cassés et leurs sept ans de malheur. Des conneries de vieilles qui perdent la tête. Je l'ai dit, les signes sont subtils, ils me sont destinés. Ce chat n'était pas là par hasard. Puis j'ai vu à l'interphone le numéro de la porte du cabinet. Trente-trois. Ça a été la preuve ultime. Trois et trois font six. Entrer dans ce cabinet était un danger. Ce médecin m'aurait interné. Je le vois tous les jours à la façon dont on me regarde, on me prend pour un fou, tous ces gens veulent me voir enfermé, mais ils ne peuvent pas, seul le psy le pouvait, et grâce aux signes, je l'en ai empêché.

De tous ces gens, je m'en fiche. Seul, je suis en sécurité.

Les signes sont de plus en plus présents en ce moment, mais cette fois-ci ils ne sont pas indépendants, ils convergent tous ensemble vers un seul et même dessein : quelque chose d'atroce est sur le point de se réaliser. J'ai peur, j'ai très peur car je sais très bien ce qui est en train de se passer.

Après-demain.

Ils ont eu ma fille et ma femme, et maintenant, ils me veulent. Finir ce qu'ils ont commencé. Cela peut arriver à n'importe quel moment de la journée. Une épée de Damoclès au-dessus de ma tête.

Je n'ose plus regarder ma montre, allumer la télévision, lire, ni même regarder par la fenêtre. J'entends un klaxon dehors. Ça se rapproche. Parfois, je me pense déjà condamné, mais je me dis que si tous ces signes me préviennent, c'est que je peux encore m'échapper. Ils veulent me détruire, je suis la fin de ce qu'ils ont débuté.

En attendant ce qui pourrait être le dernier jour de mon existence, je préfère m'en aller, laisser l'univers en suspens, arrêter le temps. Je me bourre de somnifères. Je trouve enfin la paix.

Vingt-trois mai.

J'ouvre les yeux, je regarde le réveil. Quatre heures quarante-deux. Quatre et deux font six.

Ça commence.

J'ouvre les rideaux, j'aperçois une voiture bleue. Bleue, la couleur de la voiture que je conduisais il y a un an jour pour jour. Assommé par les somnifères, je décide de me faire du café. Il ne reste plus qu'une seule dosette, le message est clair : il se pourrait que ce soit mon dernier café. Tout mon corps tremble, je n'ose pas toucher à ma tasse, je n'ose plus rien, je suis tétanisé par la peur.

À bout de forces, je m'écroule sur le canapé, une douleur atroce s'empare de moi, quelque chose vient de s'enfoncer dans ma chair. Des clés. Les clés de ma maison. Je comprends tout de suite : je ne suis plus en sécurité dans ma propre maison.

Je panique, il faut sortir, vite. Dans la rue, les signes me poursuivent, il y en a partout : des oiseaux, des couleurs, des six, des sons, des voitures, des clés, partout, ils tournent autour de moi dans une danse infernale, ils essaient de m'emprisonner dans leur funeste cadence. Tout prend leur forme, même le visage des gens, j'ai terriblement peur, je le sens, ils vont venir me chercher, ils vont finir ce qu'ils ont commencé.

Je dois fuir, m'éloigner le plus vite possible, échapper aux signes, échapper à ceux qui me veulent du mal. Une bouche de métro. Je bouscule tous ces visages en forme de six. Qui sait, peut-être qu'ils se trouvent parmi eux, prêts à me trancher la gorge, à me réduire en miettes, à me neutraliser.

Je me cramponne de toutes mes forces à mon siège, le métro roule tellement vite ! Je n'aurais peut-être pas dû entrer dedans, ça peut être un piège ! Il y a tellement de signes que je ne peux plus m'y fier, rien n'est sûr à présent, je suis seul face à moi-même, les signes se sont liés contre moi, ils les ont rejoints !

Je regarde partout autour de moi, je scrute chaque passager, rien ne m'échappe. Ils peuvent frapper à tout moment.

Je me tourne et soudainement, je l'aperçois.

C'est lui, il n'y a pas de doute. Ou l'un d'eux. J'ai toujours cru qu'ils étaient plusieurs, mais à présent il n'y a plus de certitude, hormis le fait que cet homme, cet homme devant moi, si proche de moi, cet homme est la Mort. Je le sais à ses yeux, ses yeux sans fond, sans âme. Son visage cadavérique me pétrifie. Il n'y a rien d'humain dans ce visage.

Fuir est inutile, où que j'aille, il me rattrapera. Je ne peux plus lutter. Je tends mon bras vers la chose, si je me soumets, peut-être me fera-t-il grâce de la douleur ? Il fait l'exact même geste, ce spectre de la mort est sur le point de happer mon âme. Nos mains sont à quelques centimètres l'une de l'autre, tout mon corps entre en convulsion, je suis en train de signer mon arrêt de mort. Quelques millimètres. Pitié faites que ça ne me fasse pas mal. Je l'effleure. Nos mains se superposent. Je ne sens que du froid, du plat. Quelque chose nous sépare. Il me faut plusieurs secondes pour comprendre. La vitre du métro. Cet être, c'est moi. Je suis ma propre perte. Je suis mon signe le plus évident. « Seul, je suis en sécurité », non, j'étais dans l'erreur, je n'avais pas vu l'évidence. Je sais ce qu'il me reste à faire. Je sors du métro, je marche. Je ne sais pas si cela dure quelques secondes ou plusieurs heures, mais je finis par me retrouver dans ma voiture, sur l'autoroute. La même autoroute.

Cette fois-ci, pas de plaque pour m'avertir, je n'en ai pas besoin. Je n'ai plus peur, au contraire, je me sens incroyablement apaisé. Cela va venir de moi, je vais me protéger.

J'appuie sur l'accélérateur. Je suis sauvé.

LE CROQUE-MORT

« Jeunes gens, le cours magistral va débuter. Je vous rappelle que je ne veux entendre rien d'autre que le silence. Sinon… ».

Sinon ils disparaîtraient.

Où ? Personne ne le savait. Un bruit, une trappe, et en une fraction de seconde, ils étaient engloutis par le sol.

Ne restait alors plus que le résonnement d'un cri d'horreur, s'effaçant peu à peu derrière eux, à l'instar de leur existence.

Adam était avec les autres élèves devant la salle de classe. L'angoisse s'était emparée de chacun, certains étaient sur le point de vomir. Les mêmes questions tournaient en boucle dans la tête des adolescents, torturant leurs esprits sans leur laissant le moindre répit : « Si je faisais du bruit ? Et si cette fois j'y passais ? Qu'est-ce qui m'attendrait derrière la trappe ? La mort ? Peut-être pire… ».

La porte s'ouvrit d'un coup sec.

Une vague de terreur saisit la classe, Adam dut se mordre la lèvre pour ne pas défaillir.

Le professeur se trouva face aux élèves. Placé pile au milieu du cadran, son corps faisait barrage à l'entrée de la salle. Il resta de longues minutes à les scruter sans rien dire.

Il était grand et maigre, tout habillé de noir. Son visage incroyablement creusé laissait paraître de longs cernes qui ornaient ses yeux enfoncés dans une figure blême et austère. Il ressemblait à un croque-mort.

Très vite, le rituel prit place : le croque-mort regagna son bureau, piocha dans son bocal quelques-unes de ses étranges pâtes d'amande qu'il ingurgitait à longueur de journée, les jeta d'un coup dans sa bouche puis les ingéra, lentement, mastiquant sans quitter les élèves des yeux.

Enfin, il leur fit signe d'entrer.

Chacun avait une place attitrée et était tenu de s'y asseoir. Le dernier qui avait voulu changer de pupitre fut aspiré par le sol en un claquement de doigts.

Ce fut la première fois.

La première victime d'une longue liste : Eliott pour avoir fait tomber sa gomme par terre, Paul pour avoir fait grincer sa chaise, Billy pour avoir éclaté en sanglots, craquant sous la pression, et tant d'autres, disparus juste là, sous les pieds de leurs camarades horrifiés.

Une fois tout le monde assis, le professeur se leva et prononça cette phrase, toujours la même, cette phrase infernale, celle qui retentissait dans leurs pires cauchemars :

« Jeunes gens, le cours magistral va débuter. Je vous rappelle que je ne veux entendre rien d'autre que le silence. Sinon… ».

Puis le supplice commençait.

Deux heures durant lesquelles il fallait se transformer en statue, nier son existence, oublier ses crampes, supporter les atroces bruits de mastication du croque-mort, soutenir son regard terrifiant, survivre.

Adam tenta de se concentrer sur sa respiration. Son nez le grattait mais il était hors de question qu'il se soulage. Il pensa à la trappe qui pouvait l'engloutir à tout moment, parfois, il la sentait littéralement s'ouvrir sous ses pieds.

Il avait remarqué la façon dont le professeur le regardait ces derniers temps. Pas directement, mais du coin de l'œil, comme on traque un animal dans la forêt. Le croque-mort attendait qu'il commette une erreur, c'était un jeu pour lui : quand le chasseur arriverait-il à attraper le lapin ?

Adam était tellement terrorisé qu'il n'arrivait presque plus à dormir. Il vivait avec une épée de Damoclès au-dessus de la tête, prête à lui fendre le crâne à tout instant.

Le jeune homme était exténué, d'autant plus qu'il devait aussi gérer ses problèmes de santé. Atteint d'un saturnisme hématique chronique — rare maladie se traduisant par un excès de plomb dans l'organisme — son corps se fatiguait très rapidement, et son rythme de vie actuel finirait certainement par l'achever.

Adam essaya de ne pas penser à sa fatigue, quand soudainement, il se rendit compte d'une chose horrible.

Il avait oublié de prendre ses cachets du matin.

Il était contraint de prendre des médicaments à intervalles de temps réguliers pour stabiliser son taux de plomb. Sans ses cachets, il risquait la mort par intoxication.

Il sentit un courant électrique lui parcourir l'échine, remonter jusqu'à son crâne, et se transformer en une chaleur brûlante descendant le long de ses joues comme de la lave.

C'était une catastrophe.

Comment avait-il pu oublier ? Il ne pouvait pas attendre la fin du cours, le sablier était déjà retourné, ses grains tombaient un à un, le rapprochant inexorablement d'un destin funeste.

Mais que faire ? S'il prenait ses cachets, c'était la trappe qui l'attendait, s'il ne les prenait pas, c'était la mort.

Les pilules étaient dans la première poche de son sac, elles étaient si proches, il n'avait qu'à tendre la main pour ouvrir son sac et les atteindre, et ce geste, aussi simple soit-il, lui sauverait la vie.

Il était coincé. Le lapin s'offrait directement au chasseur, les pattes tragiquement coincées dans d'inextirpables racines d'arbres. Le chasseur allait bientôt le trouver et l'exécuter, facilement, rapidement, fatalement.

À cette dernière pensée, il sentit une douleur au creux de sa poitrine. Il devait agir, il devait trouver une solution.

Soudain une idée lui vint à l'esprit. Une idée horrible, certes, mais qui pourrait peut-être le sauver.

Il portait une bague à son doigt, celle que lui avait offerte sa grand-mère pour son quinzième anniversaire. Ses mains étaient placées sur ses genoux, sous sa table, donc hors du champ de vision du professeur. Le plan était simple : enlever sa bague et la jeter vers la table de son voisin. Le professeur remarquerait le bruit, puis s'en suivrait les supplications, la trappe, les cris.

Pendant ce temps, il pourrait prendre son cachet.

Il avait bien vu à quel point le croque-mort prenait un malin plaisir à regarder la trappe s'ouvrir, ses yeux étaient emplis d'une profonde jouissance et à chaque fois, un sourire se dessinait sur son visage. Son attention serait complètement détournée, et les hurlements couvriraient les bruits qu'il ferait.

L'angoisse avait complètement pris possession du corps d'Adam, il avait du mal à respirer et devait se concentrer pour refréner les tremblements de son corps.

« Concentre-toi Adam, reprends tout à zéro, il doit y avoir une autre solution ».

Les affreux mâchouillements du professeur prenaient toute la place dans sa tête, l'empêchant de réfléchir, sans compter son nez qui ne cessait de le gratter.

Une pression commença à appuyer sur l'arrière de son crâne.

Il n'avait jamais voulu causer du tort à son camarade de classe, ce qu'il allait faire était horrible, ignoble ! Mais il avait tellement peur… Il devait se rendre à l'évidence, c'était la seule issue. C'était soit lui, soit l'autre.

Il sentit son urine descendre dans son uretère, menaçant de s'évacuer à tout moment.

Il fallait agir.

Un

Deux

Trois

Les doigts d'Adam restèrent figés.

Son nez grattait de plus en plus, son sphincter urétral était sur le point de lâcher, la pression appuyait encore plus fort derrière sa nuque, et ces mâchouillements qui ne cessaient pas !

C'en était trop, sans réfléchir, il enleva sa bague et la jeta vers la table d'à côté.

Il visa juste. Un petit bruit sourd se fit entendre, le professeur tourna immédiatement la tête là où le son avait retenti.

Toute la salle retint son souffle.

L'élève sur qui Adam avait jeté la bague regarda autour de lui, complètement abasourdi, puis, il comprit : une grimace de terreur et de supplication déforma son visage.

Le professeur piocha dans son bocal, ouvrit grand la bouche et toujours sans quitter du regard sa prochaine victime, balança une de ses friandises directement dans son gosier.

Son index s'approcha tout doucement du bouton mortel.

L'élève brisa le silence :

« Non ! Je vous en supplie ! Je n'ai rien fait ! Ce n'est pas moi ! Pitié ! Ce n'est pas moi, je n'ai rien fait ! Je n'ai pas bougé ! Pitié ! »

Le professeur approcha un peu plus son doigt, qui n'était alors plus qu'à quelques millimètres du bouton.

« Il me semblait pourtant avoir demandé le silence, jeune homme ».

Pendant ce temps, Adam avait sorti ses cachets de son sac. Il allait les avaler quand son nez se mit de plus en plus à gratter, ou plutôt, à chatouiller, et d'un coup, sans prévenir, il éternua.

Toutes les têtes se tournèrent vers lui.

Adam leva les yeux et vit avec horreur le sourire sadique du croque-mort.

« Deux pour le prix d'un ? Excellente journée. »

Puis, il pressa sur le bouton.

Quelques mois plus tard, le professeur mourut.

Les légistes étaient formels : intoxication au plomb. Des analyses montrèrent que celui-ci provenait des étranges petites friandises qu'il avait ingérées.

ALBERT

Albert avait toujours été gentil. Cela faisait partie de son identité : il était celui sur qui l'on pouvait compter, qui ne critiquait jamais, qui rendait service dès qu'il le pouvait.

Albert aimait que les autres le trouvent gentil, cela lui donnait l'impression d'être quelqu'un de bien. À dire vrai, Albert était terrifié à l'idée d'être quelqu'un de mauvais, et peut-être encore plus à l'idée que les autres pensent qu'il l'était.

Ce que pensent les autres importait tellement…

Chaque samedi après-midi, il rendait visite à sa voisine de palier, une veuve octogénaire, délaissée par les siens et à fortiori, cruellement seule.

À chacune de ses visites, elle le gavait d'une nourriture répugnante qu'il se forçait toujours à manger pour ne pas la blesser, allant même jusqu'à en redemander pour être sûr de la satisfaire.

Ces petits rendez-vous hebdomadaires étaient alors l'occasion pour la vieille dame d'exposer ses idées théologiques :

« Tu vois mon petit, moi je n'ai jamais cru en Dieu et je n'y croirai jamais ! Ce ne sont que des balivernes pour endormir les plus naïfs, moi je le sais ! Je suis peut-être vieille, mais pas naïve ! Tu n'es pas d'accord avec moi mon petit ? Oh, ton assiette est vide, veux-tu que je te resserve encore un peu de ragoût de porc ? »

Et Albert d'acquiescer docilement aux deux questions.

Pourtant, il croyait en Dieu et accordait une grande importance à sa religion. Il se sentait coupable de pêcher de la sorte, mais il était dans l'impossibilité de contrarier sa voisine… Elle était si vieille…

Tous les dimanches, Albert allait à la pêche avec un de ses collègues de travail.

Il avait un jour eu le malheur d'évoquer à la pause-café ses doux souvenirs d'enfance à traquer le poisson. Cela ne tomba pas dans l'oreille d'un sourd : Jean des ressources humaines, grand amateur de pêche, fut complètement surexcité à l'idée d'avoir enfin trouvé un compagnon avec qui il pouvait s'adonner à cette discipline qu'il qualifiait sans exagération de « philosophie magique ».

Les souvenirs d'enfance s'étaient alors transformés en de longues matinées glaciales où Albert, encore endormi, était condamné à attendre d'interminables heures avant qu'un poisson ne daigne mordre à l'hameçon.

Pourtant, face à son collègue, Albert montrait le plus grand enthousiasme. Il ne voulait tellement pas le décevoir, lui qui semblait si heureux de leur « passion commune ».

En semaine, Albert travaillait comme comptable. C'était un vrai passionné des chiffres et son esprit regorgeait d'idées pour améliorer l'organisation financière de la boîte dans laquelle il travaillait. Au bureau, il s'accordait toujours un peu de temps pour développer en catimini ses idées, idées qui ne verront pourtant jamais le jour : il ne pouvait pas en parler à ses supérieurs. Au sein de l'entreprise, il était le comptable discret, dévoué, faisant seulement ce qu'on lui demandait. Tout le monde l'appréciait pour cela, et il ne pouvait se risquer à tant de hardiesse. Que diable penseraient ses collègues ?

Un matin, Albert se réveilla pour aller travailler. Comme à son habitude, il prit son petit-déjeuner puis se rendit à sa salle de bain pour faire sa toilette.

Devant le miroir, il resta sans voix.

Il ne voyait rien.

Il bougea dans tous les sens pour faire apparaître son reflet sur la glace, examina le miroir sous toutes les coutures, le remplaça par un autre, mais rien n'y changeait : son image n'apparaissait pas.

Le miroir le fixait, goguenard, terriblement vide.

Effrayé, il se passa de l'eau froide sur le visage, se gifla violemment, se secoua, mais là encore, rien n'y fit, il ne put sortir de ce cauchemar.

Il décida de se rendre au travail comme prévu. « Allons, ce ne sont que des hallucinations matinales, je dois être un peu malade, je suis juste fatigué, voilà tout » se répétait-il en boucle. Albert espérait du plus profond de son cœur qu'en agissant normalement, les choses allaient rentrer dans l'ordre.

En sortant de chez lui quelque chose l'interpella. À travers la porte de sa voisine, il crut entendre une voix étrangement familière. Il fit un énorme effort pour essayer de se remémorer où il l'avait entendue, mais ce ne fut qu'après de longues minutes qu'il eut enfin le déclic.

Sa voix.

C'était sa voix. Sa voix qui s'égosillait à brailler des blasphèmes, tous plus profanes les uns que les autres, pour le plus grand plaisir de la vieille dame qui clamait son approbation à chaque sacrilège.

— La bible au bûcher ! Et qu'on rase les Églises ! Qu'on en fasse des maisons pour les honnêtes gens et qu'on vire les charlatans !
— Oh oui ! Comme vous avez raison mon garçon ! Bravo ! Bravo !

Qui était donc cet homme avec l'exacte même voix qu'Albert ?

Autre chose étrange, la vieille voisine ne recevait jamais d'invité : Albert n'avait pas vu une seule personne en sa compagnie, et ce depuis maintenant une dizaine d'années. Qui était donc ce mystérieux individu qui était venu lui rendre visite ?

Ne pouvant se résoudre à partir sans avoir de réponses à toutes ses questions, il décida de toquer à la porte.

Lorsque la vieille dame lui ouvrit, son cœur faillit lâcher. L'homme qu'il aperçut assis dans le salon n'était autre que lui.

Le même visage, le même corps, les mêmes vêtements.

Il fut tellement sous le choc qu'il ne fit pas attention à celle qui se trouvait face à lui.

La voisine ne semblait pas le voir, elle tournait sa tête à droite et à gauche, cherchant à trouver celui qui avait frappé à la porte. Pourtant, Albert se tenait devant elle, à même pas quelques centimètres de son visage.

Il l'interpella, la toucha, mais cela n'y changea rien : il était invisible pour elle.

Elle referma la porte à son nez.

Qui était cet homme ? Un sosie ? Un double maléfique ? Avait-il été exorcisé ? Il songea à se rendre à l'Église, mais tout cela lui paraissait tellement invraisemblable...

Il décida d'aller au travail. S'attacher à des valeurs sûres et rassurantes du quotidien. Le métro. Le bureau. Les collègues. Tout ce qu'il connaissait et qui le ramènerait à la réalité. Il fallait y croire, c'était son dernier espoir. Quoi de plus horrible que de se voir sombrer dans la folie ? Cette pensée le terrifia.

Arrivé au bureau, le cauchemar recommença.

Personne ne le voyait ni ne l'entendait. Pire encore, il se revit une seconde fois.

Une dizaine de photographies étaient étalées sur la table près de la machine à café. On pouvait y voir son double au bord d'un étang, tenant dans les bras d'énormes poissons morts, l'air triomphant. Pour chaque cliché, celui-ci expliquait fièrement à Jean des ressources humaines — qui l'écoutait émerveillé — comment il avait réussi ses exploits :

« Tu vois ce beau Chevesne ! Été 2016, 60cm, 5kg ! Je l'ai eu à l'usure avec une authentique pêche au leurre ! Au bout de deux heures, j'ai pas perdu espoir, ah ça non ! Puis d'un coup, ça a mordu ! J'ai tiré puis bam ! L'un de mes plus beaux souvenirs de pêche ! La pêche c'est une leçon de vie, je te le dis mon ami, la persévérance, ça gagne toujours ! »

Comment son double avait-il pu se rendre de l'appartement de sa voisine au bureau en si peu de temps ?!

Albert décida de ne surtout pas perdre la face. Il fallait se rendre à son bureau, étudier la comptabilité du mois, rendre le rapport à la hiérarchie. Exactement comme d'habitude. Et tout rentrerait dans l'ordre. Il pria avant d'ouvrir la porte de son bureau.

Sur sa chaise, un autre était à sa place. Un autre qui était lui.

Ce qu'il vit lui glaça le sang. Le double ne semblait pas humain, on aurait dit un robot : il enchaînait les calculs à une cadence incroyable, ne se laissant aucun répit, ses yeux semblaient dénués de toute vie, ses gestes étaient précis, il les répétait machinalement, sans la moindre once d'hésitation, sans jamais ralentir ni faiblir. Un véritable automate créé dans l'unique but de calculer, sans réfléchir ni penser. Une machine qui exécutait les ordres à la chaîne.

Albert s'enfuit en courant. Il se rendit à l'Église, mais là encore, il était invisible aux yeux de tous.

Sur le chemin, il crut faire une crise cardiaque : des centaines d'Albert apparaissaient sous ses yeux. L'un promenant le chien d'un de ses amis — chien dont il était allergique — un autre marchant fièrement, affublé des horribles tricots de sa grand-mère, quant à un autre, il distribuait des tracts pour le parti politique d'un ami auquel il ne croyait pas.

Face à ce spectacle, il s'écroula. Qu'avait-il donc fait pour mériter cela ? Il avait tout le temps été gentil, il avait tout le temps essayé de faire le bien ! Tout cela pour finir par être puni de la pire des façons : la folie ! Une folie dont il avait de surcroît cruellement conscience !

La peur laissa peu à peu place au désespoir.

Assis par terre, il ne remarqua pas tout de suite qu'il avait de la compagnie.

Un chat ventripotent, arborant un long pelage gris aux reflets bleutés, faisait sa toilette à côté de lui, dans la plus grande des ignorances.

Albert ne mit pas tout de suite l'indifférence du félin sur le compte de son invisibilité : il se l'était expliquée tout simplement par le fait qu'il s'agissait là d'un chat.

Les chats ne faisaient jamais semblant : s'ils voulaient vous ignorer, alors ils vous ignoraient, sans aucune vergogne, quand bien même vous étiez celui qui les nourrissait. Ils se servaient de vous sans rien vous donner en échange, et ce sans aucune gêne.

Les chats ne cherchaient pas à être mignons ou à vous plaire. Pourtant, tout le monde les admirait. Peut-être était-ce même là l'essence de leur charme : leur indifférence nous attirait.

« Fuis-moi je te suis, suis-moi je te fuis ».

Albert songea ô combien il n'était pas chat. Au contraire, il était un chien, un bon toutou, tendant la patte, remuant la queue et vous faisant les yeux ronds pour obtenir quelques caresses.

Toute sa vie, il avait œuvré pour plaire aux gens. Il s'était adapté à chacun, devenant celui qu'ils attendaient qu'il soit. Tantôt un grand amateur de pêche, tantôt un militant anti-religion, tantôt un petit employé-robot qui se contente d'obéir aux ordres et qui se refuse toute prise d'initiative.

Mais jamais lui.

Qui était-il vraiment au fond ? À force d'avoir fait semblant, il ne pouvait répondre.

Il savait juste qu'il était gentil.

Il avait toujours pensé qu'être gentil constituait son identité, et il avait aimé que les gens le perçoivent comme tel.

Mais finalement, c'est sa gentillesse qui avait fini par lui faire perdre son identité.

Est-ce que les gens l'avaient plus aimé pour cela ? Il n'en était même pas sûr. On préférera toujours le chat majestueux et dédaigneux. On prendra toujours un peu de haut celui qui fera tout pour vous plaire, pour la simple et bonne raison qu'il s'agit là d'un aveu de faiblesse.

D'ailleurs, s'il avait été sincère, peut-être aurait-il pu rencontrer des gens qui l'auraient vraiment intéressé, au lieu de subir les heures interminables de pêche ou les élucubrations d'une vieille folle se croyant prêtresse de la parole moderne.

« Plaire à tout le monde, c'est plaire à n'importe qui ».

À présent qu'il était invisible, il n'avait plus personne à qui plaire. Des centaines de Lui s'en chargeaient à sa place.

D'une certaine façon, il était libre. Ce qu'il prenait pour une malédiction était peut-être la chance de sa vie.

Disparaître pour mieux réapparaître…

Il allait enfin pouvoir se redécouvrir, apprendre à savoir qui il est vraiment et peut-être, une fois son identité retrouvée, pourrait-il récupérer son corps…

LA MAIN

C'était la première fois de sa vie qu'il voyait une chose pareille. Il faisait sa promenade matinale quand il l'aperçut, posée là, sur un banc, l'air étrangement fier, presque triomphant.

Une main.

Sans corps, sans bras, juste une main. Pas de sang, pas de cicatrice, rien qui ne puisse faire penser qu'elle fut un jour rattachée à un corps humain.

Georgio demeura devant elle pendant de longues minutes. Elle portait à l'annulaire une bague en argent sertie d'un diamant émeraude. Cette main était-elle fiancée ? Georgio se blâma pour cette réflexion idiote : il s'agissait d'une main !

— Qu'avez-vous donc à me regarder monsieur ?

Ahuri, Georgio fit un bond en arrière, manquant de tomber au sol.

La voix était masculine et raffinée, teintée d'une pointe de dédain, un peu comme celle qu'aurait eue un dandy du XVIIIe siècle.

— Vous… p…parlez ?

— Si vous m'entendez, c'est que je dois bien parler, ne pensez-vous pas ?
— Mais… mais vous êtes… une main !
— Et vous, vous êtes gros…

Trop ébaubi pour répondre quoi que ce soit, Georgio resta coi.

— Eh bien, asseyez-vous ! Ou alors partez. Vous cachez le Soleil.
Il obéit sur-le-champ.
— Êtes-vous seul ?
— Je…oui.
— Je vois...
— J'avais une femme il n'y a pas si longtemps vous savez !

Il ne put s'empêcher de rajouter cette dernière indication, comme une envie de prouver qu'il n'était pas si pathétique.

La main ne répondit pas. Le silence pesa si fort sur Georgio qu'il se sentit obligé de prendre la parole, pour combler le vide, pour se justifier, ou alors, peut-être juste pour pouvoir parler à quelqu'un.

— Elle est vraiment parfaite. La femme de ma vie. On s'aimait à la folie…Moi je l'aime comme au début. Elle, elle m'a quitté… elle disait que je la faisais plus vibrer… que j'étais trop mou. Elle est partie avec son patron… une grande entreprise… un PDG renommé, vous voyez le genre…Je suis sûr qu'il lui a fait miroiter je ne sais quoi, il lui a mis de la poudre aux yeux ce connard ! Elle va revenir quand elle se rendra compte que c'est moi l'homme qu'il lui faut, ça j'en doute pas, l'autre c'est juste comme ça, c'est temporaire… ouais, temporaire…

La main ne réagit pas.

Georgio se sentit minable. Il se leva pour s'en aller quand il sentit des doigts l'agripper.

— J'ai un marché à vous proposer.
— Pardon ?
— Je peux vous aider à récupérer votre femme. Cela est bien ce que vous souhaitez, n'est-ce pas ?
— C'est ce que je veux le plus au monde ! Mais… comment… comment c'est possible ?
— Facile. La vraie question serait plutôt… qu'est-ce que vous me donnerez en échange ?
— Je n'ai pas d'argent…
— L'argent ne m'intéresse pas, sombre imbécile, je suis une main ! Par contre, vous avez une jolie gourmette… Voilà quelque chose qui pourrait fort intéresser une main…
— C'est que… Je l'ai reçue pour mon baptême… Elle a une valeur sentimentale…
— Soit. Votre gourmette a donc plus de valeur que votre femme ?
— Mais non enfin ! C'est que… Qu'est-ce qui me prouve que vous réussirez à faire revenir ma femme d'abord ?
— Comment osez-vous remettre en question mon honnêteté, vulgaire personnage ! Alors que je vous offre l'honneur de vous proposer mon aide de surcroît !

Si vous n'êtes pas intéressé par ma proposition, allez-vous-en, je ne vous retiens pas, mais ne vous avisez pas de tacher mon honneur par vos viles calomnies !

La main était à présent écarlate, sa voix était puissante, transperçante, ses doigts menaçants s'agitaient dans tous les sens. Georgio était effrayé.

— Eh bien, est-ce oui, ou est-ce non ? Je ne perdrais pas plus de temps avec quelqu'un qui me traite d'imposteur. Oui, ou non ?
— Je… oui, oui, excusez-moi.
— Voilà qui est préférable.

Le lendemain matin, Georgio reçut un appel de sa femme. Celle-ci était en pleurs, totalement paniquée. Son amant venait de mourir, étranglé dans son sommeil. Sans aucune trace d'effraction dans leur appartement, la police avait laissé entendre qu'il faisait d'elle le suspect numéro un.

Georgio comprit tout de suite. La main avait décidé de tuer son rival pour respecter le pacte qu'ils avaient passé la veille. À cause de lui, un homme était mort et la personne qu'il aimait le plus au monde risquait de passer sa vie derrière les barreaux. Georgio devait à tout prix réparer ce qu'il avait commis.

Mais comment ? Il était évident qu'il ne pouvait pas raconter la vérité à la police. Qui pourrait bien croire qu'il avait rencontré une main et qu'il avait conclu un marché avec elle, marché qui, en plus du reste, eut pour conséquence la mort de ce pauvre homme ?

Il rendit tout de suite visite à sa femme. Lorsqu'elle le vit, elle lui sauta dans les bras et l'embrassa. Elle lui demanda pardon pour tout ce qu'elle lui avait fait subir, lui dit qu'elle n'avait plus que lui à présent, qu'elle était seule, que tout le monde lui avait tourné le dos.

Georgio se sentit si heureux, elle était revenue, elle s'était enfin rendu compte de ce qu'ils représentaient l'un pour l'autre, elle l'aimait toujours !

Après leur entrevue, il était plus que jamais déterminé à innocenter sa femme. Il venait juste de la retrouver, et il était hors de question qu'il la perde une nouvelle fois.

Il décida de se rendre au parc, à la même heure et au même endroit que la veille. À son plus grand soulagement, elle était revenue. Lorsqu'il la vit sur son banc, l'air toujours aussi dédaigneux, une rage encore jamais ressentie s'empara de lui.

— Espèce d'escroc, imposteur ! Maudite main ! Comment avez-vous osé !
— Enfin, je vous prie de baisser d'un ton ! Puis éloignez votre visage de ma paume, je reçois tous vos immondes postillons. Votre femme n'est-elle pas retournée dans vos bras, n'était-ce pas là les termes de notre contrat ? J'ai amplement rempli ma part, alors je vous prierais de me parler avec un peu plus de respect,

et, si le peu de politesse que vous avez vous le permet, de me présenter vos remerciements !

— Vous remercier ?! De mettre ma femme en prison ?!!

— Vous m'aviez demandé de faire en sorte que votre femme revienne à vous. Vous n'avez jamais spécifié dans quel état.

C'est à ce moment précis que Georgio perdit son sang-froid. D'un bond, il saisit la main et sortit un couteau suisse de sa poche.

— Maintenant vermine, si tu ne veux pas que je te découpe en petits morceaux, tu ferais mieux de m'obéir. On va au commissariat. On leur expliquera comment on s'est rencontré et surtout, comment tu m'as fait ta stupide proposition. Tu leur diras que c'est toi qui as commis ce meurtre, et ma femme sera innocentée. T'as compris ? Et n'essaie pas de me la faire à l'envers, ça sera ta parole contre la mienne. Je suis prêt à tout pour elle, à tout t'entends ? Je ne laisserai personne nous séparer, personne.

Ils se rendirent au commissariat, la main resta silencieuse. Georgio la menaçait toujours avec le couteau, plus enragé que jamais.

— Bonjour, je souhaiterais… nous souhaiterions témoigner dans l'affaire du meurtre de monsieur Blanchard.

— Nous ?

— Oui, moi et… et cette main. Vous ! Parlez à la police !

La main resta inerte. Georgio pressa un peu plus le couteau contre la chair, quelques gouttes de sang perlèrent le long de la lame.

— Monsieur, lâchez ce couteau immédiatement.

Le policier prononça ces paroles calmement tout en sortant son arme de sa ceinture.

— Non, ce n'est pas ce que vous croyez, je… c'est pour la faire parler, la main… C'est cette main ! C'est elle qui a tué ce type ! Parlez bon sang !
— Monsieur, posez votre arme.
— Écoutez-moi, je…

En une fraction de seconde, Georgio se retrouva menotté et plaqué sur le sol.

Une heure plus tard, il était en salle d'interrogatoire.

— Comment vous appelez-vous ?
— Georgio Lorenzi, et je vous conjure de m'écouter je…
— Lorenzi ? Vous êtes donc le mari d'Elisabeth Lorenzi ?
— Oui, enfin on était en procédure de divorce, mais tout ça c'est fini grâce à la main, ou plutôt, non pardon, à cause, à cause de la main, enfin, je veux dire… où est la main ? Ramenez-la elle témoignera !!
— La main a été placée sous scellés. C'est un élément de l'enquête du meurtre de Xavier Blanchard.

— Oui !! Car c'est cette main qui l'a tué !!

— Où étiez-vous hier entre vingt-deux heures et minuit ?

— Chez moi ! Je venais de passer une journée folle, j'ai rencontré une main qui m'a promis de m'aider à récupérer ma femme en échange de ma gourmette et…

— Une gourmette vous dîtes ? Décrivez là.

— Eh bien… C'est une gourmette en argent, avec mes initiales gravées dessus, mais…

— Semblable à celle-ci, par exemple ?

Le policier posa sur la table une photographie où l'on pouvait voir la gourmette sur une moquette tâchée de sang.

— Elle m'a piégé… La main m'a piégé !!

— Ok. Maintenant, on arrête les plaisanteries. Le corps de monsieur Blanchard a été retrouvé étranglé et amputé de la main droite. Aujourd'hui, vous venez avec une main au commissariat. Vous avouez que la gourmette trouvée sur les lieux du crime est la vôtre. Dans votre cas, il serait judicieux d'avouer.

— Comment ça « amputé de la main » ? J'ai parlé à ma femme, et elle n'a jamais mentionné de main coupée… Si c'est un piège pour me faire avouer mon soi-disant crime, sachez que ça ne marche pas, je n'avouerai rien car je suis totalement innocent ! Écoutez, je sais ce que vous imaginez, et je sais que ça peut paraître fou, mais il faut me croire ! Cette main a fait un pacte avec moi ! Voilà ma seule erreur ! Elle a tué ce type pour que je récupère ma femme ! Vous verrez avec les tests ADN, cette main n'est pas celle du cadavre !!

À ce moment précis, un deuxième policier entra dans la salle d'interrogatoire et chuchota à l'oreille de l'inspecteur. Il se leva d'un bond et se mit à hurler :

— Comment ça plus de main ?! Fouillez-moi tous les scellés et retrouvez-moi cette putain de main ! Elle a pas pu s'échapper toute seule, bordel de merde !
— Mais si ! Si elle s'est échappée !! Je vous l'ai dit ! Elle est vivante !!
— Toi la ferme ! Avec la gourmette et le témoignage de ta femme, tu finiras au trou ! Ou plutôt, dans un asile ! Qu'on transfère ce taré !

Deux policiers vinrent passer les menottes à Georgio et l'emmenèrent à sa cellule. Dans les couloirs il croisa sa femme.

— Catherine ! Catherine ! Il m'emmène mais je suis innocent, je peux tout t'expliquer !

Celle-ci recula d'un air horrifié

— Tais-toi espèce de monstre, ça ne t'a pas suffi de t'en prendre à moi durant notre relation, il a fallu que tu tues le seul homme qui ne m'ait jamais réellement aimée !

Elle fondit en larmes, engouffrant son visage entre ses mains. À son auriculaire gauche, Georgio remarqua la même bague en argent sertie d'un diamant vert émeraude qu'il avait vue la veille.

Quelques mois plus tard, tandis qu'il écoutait la radio du fond de sa cellule, il apprit que Catherine Lorenzi était la nouvelle PDG de la société de son défunt amant. Celui-ci avait été tué par son ex-mari, un homme violent qui était prêt à tout pour la récupérer

LE PSY

Cela faisait maintenant une quinzaine d'années que j'exerçais.

Je me souviens des prémices de ma carrière, je me donnais corps et âme pour mes patients. Je voulais tellement les aider, comprendre les mécanismes psychiques qui les poussaient à agir de la sorte que parfois, j'oubliais de garder cette distance sacrée que tout psychiatre se doit d'établir.

Cependant, les méthodes conventionnelles s'avéraient totalement vaines. Tout le savoir théorique que j'avais engrangé lors de mes études universitaires était dérisoire face à la réalité clinique à laquelle j'étais confronté.

Je n'arrivais pas à comprendre mes patients, et à fortiori, les guérir. Il fallait que je rentre dans leur tête, que j'en démêle les fils complexes et inextricables pour en sortir une solution, la solution, celle qui les guérirait, ou du moins, les rendrait socialement acceptables.

Certains cas finirent par m'obséder. Peu à peu, de façon presque imperceptible au début, je me mis à leur place. Pas de façon superficielle, cela ne servait à rien. Je ne m'imaginais pas être eux : j'étais eux. Leurs blessures étaient miennes, leur passé était mon histoire et leurs vices faisaient intégralement partie de ma personne.

Comment agirais-je ? Et surtout, pourquoi ?

Cette méthode s'avéra particulièrement efficace et je pus avancer dans mon travail thérapeutique. Je finis par l'utiliser systématiquement, systématiquement et de façon dangereuse, dangereusement plus poussée.

Peu à peu, je ne parvins plus à me débarrasser des névroses que je m'étais appropriées. Elles étaient là, au fond de ma poitrine, dans ma tête, au creux de mes entrailles, leur perversité coulait dans mes veines.

Et cela me fascinait.

C'était effrayant, ces ténèbres qui nous dépassent mais qui pourtant se trouvent en nous, ce mal insoupçonné mais tellement puissant. Tout cela était incroyablement jouissif.

Je me sentais perdre le contrôle, passer inéluctablement de l'autre côté, laissant celui que j'ai toujours cru être, l'écrasant de tout son poids par ce nouveau moi, ce moi que je ne reconnaissais plus, ce moi qui m'attirait autant qu'il me terrifiait. Tout était possible à présent, j'avais le pouvoir entre mes mains, aucune inhibition ne pouvait m'empêcher d'agir.

Avais-je toujours été comme cela ? Je ne saurais le dire. Tout ce que je savais à cet instant, c'était qu'il m'était impossible de retourner en arrière.

Je me nourrissais des névroses de mes patients et je n'étais jamais assez rassasié. Je les poussais dans leurs retranchements pour qu'ils crachent tout leur mal, j'allais le chercher dans les recoins les plus sombres de leur âme, je découvrais des ténèbres qu'eux-mêmes n'auraient pu soupçonner. Je voulais que leur perversité m'éclate en pleine figure, que je puisse la recevoir, m'en nourrir et la rendre mienne.

Parfois le vice était trop grand, la névrose trop puissante. Je la sentais grossir en moi de plus en plus avec l'envie irrépressible d'exploser. Alors le seul moyen d'assouvir cette envie fut de permettre à toute cette perversion de s'exprimer, lui rendre sa liberté et la laisser s'échapper hors des chaînes d'un passé régi par la moralité, un passé tellement lointain que j'en venais à douter de son existence.

Ce fut le cas la première fois. La première fois que j'assouvis ces pulsions. La première fois que je tuai.

J'avais ôté la vie à un être humain, l'atrocité du monde se trouvait au creux de ma main. C'était incroyable, tellement invraisemblable que je devais faire un effort pour me convaincre que je l'avais vraiment fait.

L'envie de détruire avait été assouvie, le mal avait explosé, et sous mes yeux, toute la force fascinante du vice m'avait conduit à commettre l'impensable. À présent mes actes étaient dictés par une pulsion maléfique qui refusait de disparaître, pire, qui me hantait, me torturait si je ne me soumettais pas à elle.

J'étais son pantin et elle m'offrait ce spectacle dont j'étais l'acteur principal.

Je n'avais plus peur de rien, les êtres humains étaient des jouets et je pouvais les utiliser pour assouvir ma soif de sang. J'avais le pouvoir.

Toujours plus de patients, toujours plus de névroses, toujours plus de victimes.

Cependant, très rapidement je sentis un manque, un manque frustrant et angoissant : mes patients n'avaient plus rien à m'offrir.

Leurs ténèbres qui me fascinaient tant jadis n'avaient à présent plus aucun effet sur ma personne. J'avais l'impression de stagner, d'être arrivé au bout sans pouvoir aller au-delà.

J'avais fini par m'habituer.

Une routine, comme celles que nous offre la vie, ce genre de routine à laquelle la lâcheté des hommes se rattache pitoyablement. Je refusais de me résigner à ce sort. Pas après avoir connu la jouissance des ténèbres.

J'avais besoin de plus, il était vital que je retrouve cette fascination, je sentais quelque chose s'éteindre peu à peu à l'intérieur de moi : je redevenais un simple humain.

Il était arrivé au moment où j'avais eu le plus besoin de lui. Son dossier le décrivait comme un narcissique à tendance perverse et sadique. Il avait été interné après avoir étranglé sa mère, sans aucune raison.

Je me souviendrais toute ma vie de notre rencontre. Il m'attendait dans mon bureau, tête baissée.

Lorsqu'il planta ses yeux dans les miens, une lame me transperça. Je dus faire un effort incommensurable pour ne pas montrer que j'étais déstabilisé. Cet effort fut évidemment vain.

Ce visage d'enfant portait dans le regard toute la barbarie, toute la bestialité, toute l'atrocité du monde. Il n'y avait pas une once d'humanité dans ces yeux-là.

Il était resté muet durant l'intégralité de la séance. Son visage était impassible, pourtant je pouvais voir un sourire invisible au coin de ses lèvres.

Il me méprisait.

J'avais envie de lui crier que moi aussi je connaissais les ténèbres, que le mal avait aussi assiégé mon être, que je lui avais obéi plus d'une fois.

Mais pourtant, au fond de moi, je savais que je ne pouvais pas me comparer à lui. Le mal n'avait pas assiégé son être. Le mal, c'était lui.

Je mentirais si je disais qu'il ne m'effrayait pas. Il m'effrayait autant qu'il me fascinait.

Je voulais en savoir plus, je voulais connaître ses ténèbres et m'en imprégner, cela devait être magnifique, tellement puissant. Je voulais pouvoir regarder n'importe quel être humain avec ce sourire invisible, ce sourire témoin d'une supériorité vis-à-vis de la race humaine.

À la séance suivante, il m'adressa la parole. Si seulement il avait continué à se taire…

— Je sais ce que vous cherchez. Je peux vous le donner. À condition que vous m'aidiez en retour.

Il se tut pendant une longue minute. Son air impassible me glaçait le sang, son regard me pétrifiait. Fébrilement, je trouvai la force de lui répondre.

— J'ignore de quoi vous parlez. Continuons la séance je vous prie.
— Allons. Vous y avez goûté. Je le vois dans vos yeux. Le comble, pour un psy. Mais vous avez aimé ça. Et je sais que vous en voulez plus. Je peux vous donner accès à un monde encore jamais connu, un monde dans lequel vous seriez le maître. L'ennui est le pire des poisons, n'est-ce pas ? La société a laissé en vous des principes tellement ancrés qu'ils ont fini par faire partie de votre identité. Et vous détestez ça. Toutes ces inhibitions vous asservissent. Je peux vous aider à vous en débarrasser. Le mal vous maîtrise, vous n'êtes que son esclave. Un misérable pantin. Il est temps que vous soyez votre propre maître, vous ne croyez pas ? Votre existence ne sera plus jamais la même, vous ne serez

plus un simple mortel, vous vivrez une vie… exceptionnelle.

Ces paroles, ces mots m'avaient hypnotisé et en même temps, ils me torturaient. J'avais envie qu'il continue de parler autant que j'avais envie de le supplier d'arrêter. Peu à peu, ce sentiment de confusion disparut. Je me sentis euphorique. Ce qu'il venait de dire, c'était exactement ce que tout mon être désirait, et ce au plus profond de lui-même. Et il se tenait là, devant moi, me promettant de m'offrir cette vie qui m'attirait rageusement à elle.

— Et… qu'attendez-vous de moi ?
— Tuez-moi.
— Pardon ?
— Tuez-moi. À la fin de cette séance, cela sera parfait. Vous êtes la personne la plus apte à le faire. Je vous ai cherché longtemps vous savez.
— Tout cela n'a pas de sens, comment pourriez-vous m'offrir ce que vous me promettez une fois mort !?
— Je n'ai pas besoin de vous convaincre, docteur. Vous savez parfaitement ce que je peux vous apporter.

Il posa un couteau de cuisine sur mon bureau et le poussa vers moi, sans me quitter du regard.

Je le saisis, la main tremblante. Au fond, qu'est-ce que je perdais ?

Pour la première fois, je ressentis la peur de tuer. Pas la peur salvatrice et exquise motrice de mes actes, mais une peur paralysante, angoissante. Je savais que cet acte allait changer le cours de mon existence de façon irrévocable, mais je ne pouvais plus revenir en arrière : il était trop tard, je n'avais plus d'autre choix que de saisir la manche du couteau.

J'enfonçai la lame dans sa poitrine. Elle pénétra sans aucune difficulté, comme si elle avait été façonnée exprès pour cela. Le visage de mon interlocuteur se transforma soudainement : devant moi se trouvait un gamin innocent, simple, à la figure douce et incroyablement paisible. Il était mort.

À suivre...

FIN

Du même auteur :

« Un Aller sans Retour »

« Que le Spectacle Commence ! »

« Aurore »

« JAZZMAN »

Le feuilleton d’halloween « The Evil Wheel »

Pour contacter l'auteur :
Par mail : k.contact.auteur@gmail.com
Sur Instagram : @sam_kujo_
sam-kujo.com

Prochains romans à venir…

Printed in Poland
by Amazon Fulfillment
Poland Sp. z o.o., Wrocław

28603799R00081